想念梦幻的桂旗

想念梦幻的桂旗

孟　晖

南京大学出版社

图书在版编目(CIP)数据

想念梦幻的桂旗/孟晖著. —南京:南京大学出版社,2014.10(2021.6重印)

ISBN 978-7-305-13290-2

Ⅰ.①想… Ⅱ.①孟… Ⅲ.①随笔-作品集-中国-当代 Ⅳ.①I267.1

中国版本图书馆CIP数据核字(2014)第110994号

出 版 者　南京大学出版社
社　　址　南京市汉口路22号　邮　编　210093

出 版 人　金鑫荣

书　　名　想念梦幻的桂旗
著　　者　孟　晖
责任编辑　沈卫娟

照　　排　南京紫藤制版印务中心
印　　刷　南京凯德印刷有限公司
开　　本　787×1092　1/32　印张4.875　字数82千
版　　次　2014年10月第1版　2021年6月第2次印刷
ISBN 978-7-305-13290-2
定　　价　35.00元

网址:http://www.njupco.com
官方微博:http://e.weibo.com/njuyzxz
官方微信号:njupress
销售咨询热线:(025)83594756

目　录

明·仇英《人物故事图》之一“赏古”。

我们不得不承认，魏晋人观看世界的方式，是和我们太不一样了，他们固执地坚持真相，坚持直视死亡。文字的妙处，本来就在于可以让现实发生扭曲，用想象去代替真实。不是吗，我们很多人之所以迷恋写作，就是因为通过写作，可以摆脱现世的压迫，在幻想的时空中获得自由。文学有太多的办法，可以给死亡罩上一层朦胧的梦影，褪去它的恐怖颜色，甚至让它带上一分浪漫，一分诗情。但是，魏晋南北朝的文学家们，竟然拒绝文字的这种奇妙功能，在涉及死亡的时候，他们一致地采用极端的现实主义态度，在这一点上，曹丕的《与吴质书》绝不是孤例。

水上的长游——“鲸鲵踊而夹毂，水禽翔而为卫。”

想念梦幻的桂旗

一

我是从《洛神赋图》知道《洛神赋》的。在我的印象中,《洛神赋图》在70和80年代的中国,正像《蒙娜丽莎》在西方一样的流行。打开杂志,翻开报纸,你会经常看到这一幅古老画卷的启首那一段;它甚至会出现在明信片上,火柴盒上,让你回避不得。于是,也正像《蒙娜丽莎》一样,《洛神赋图》是如此的被滥用,让人几乎从有记忆起就知道这一幅绘画的存在,以致最终变得对它熟视无睹,再没有独特、新鲜的感觉。

这正是《洛神赋图》发生在我身上的情形,在耳濡目染之下,这一古老画卷以及关于它的一切都成为了一种知识,我知道这些知识,但并不真正明白这些知识的涵义。直到有一次,我再次偶然地从一本杂志的彩色插页上看到了那如此熟悉的画面，忽然被它奇异的美震慑了。同样的场景，同样的人物，但是，我从洛神回身顾盼、似来似去的身影上，从她临风飘飘的衣带上，从那高古游丝的线描上，忽然明白了什么叫含情脉脉，什么叫惆怅，什么叫可望而不可即。直到今天，我面对《蒙娜丽莎》，也不会产生西方人那种异常的感动与激动，但是，我却能够理解西方人的这种感情了，因为我知道，这正是我每一次看到《洛神赋图》时所体会到的那种情感。

也许正因为对《洛神赋图》太珍重了，我倒一直不急着去读《洛神赋》：在很长时间里，《洛神赋》对我的意义，就在于它为《洛神赋图》的产生提供了一个缘由和依据，好像《洛神赋》存在的价值是因为《洛神赋图》而决定的，在我这里，二者的因果关系被完全颠倒过来了。更何况，我们好像不知从哪里早就知道了《洛神赋》中讲述的故事，以及围绕《洛神赋》所发生的那一场爱怨嗔痴。正像《蒙娜丽莎》一样，你总是听到人们那么郑重其事地提到它，以致会不可抑制地对它丧失好奇。

直到不久以前，为了研究《洛神赋图》中反映的一些服饰和风俗细节，我才找来《洛神赋》认真地读了一回。一读之下，才知道自己过去是多么的鄙陋无知。

二

曹植和甄氏之间的悲剧关系前后持续了若干年，而且过程极其曲折复杂，牵涉到残酷的宫廷政治。但是，作为对心上人的怀念，曹植不是像一般人那样，写一篇悼亡文，絮絮叨叨讲述他自己有多倒霉，他爱的人有多不幸——倘是换上现代人，那是要写上厚厚一本回忆录的，展示他和甄氏之间的每一个细节，所经历的每一场风波，周围人对他们的每一点不公。但是，曹植不是平庸的现代人，他对暴露个人隐私没有那么大的兴趣。他只是用短短的篇幅，虚构了一个奇特的神话故事，完全用隐喻的方式，表达了永失我爱的沉痛。正如《桃花扇》呈现出完整的长篇小说结构一样，《洛神赋》很像是一篇精彩的短篇小说。短篇小说所讲述的故事，一般来说，应该是“从现在开始，在现在结束”，《洛神赋》在取材上恰恰体现了这一特点。

以我们今天人的眼光来看，《洛神赋》不仅是一篇标准的短篇小说，而且是一篇手法非常“现代”的小说。作者在文章的一开始，就对文中故事的真实性进行了一次消解，指出之所以写出这样一篇故事，完全是受了前人创作的启发：

黄初三年，我到京师朝谒，事毕之后，在归途中从洛河上渡过。古代的人有个传说，说是这条河的水神叫做宓妃。我想到宋

曹植眼中的洛神："远而望之，皎若太阳升朝霞；迫而察之，灼若芙蕖出绿波。"([传]东晋·顾恺之《洛神赋图》局部)

洛水边的曹植。"余清悦其淑美兮，心振荡而不怡。"([传]东晋·顾恺之《洛神赋图》局部)

玉曾经写过楚王和高唐神女的故事，于是也作了这样一篇赋。我的故事是这样的：

我从京师向藩国归去……

翻成白话，几乎让人误以为是博尔赫斯小说的开头。像很多现代小说一样，作者一上来就来了个自我解构，明确说明自己的故事是杜撰的，是在模仿前人，是戏仿之作。可是，更有意思的是，在已经事先声明是编造的故事中，作者让自己以第一人称"我"的身份出现，成为故事的男主角。在虚构的故事中，"我"却保留了作者鄄城王曹植的真实身份和经历。公元222年，曹植进行过一次途经洛河的旅行，这在历史上是确实发生过的事情，作者在文中一开场就指出，本文中的故事被假设是发生在这次旅行中的一段奇遇。鄄城王曹植这个真实的人成了虚构故事的男主角，整个故事，就是讲述作者为自己所幻想出来的一次虚构的经历。现实和幻想被故意交织在了一起，于是，真实与虚幻的界线被模糊了，二者都丧失了各自的确定性，彼此混淆成一体。

"我从京师向藩国归去，……太阳西斜了，人马也已倦息。"在虚构的故事的开始，男主人公"我"在进行着事实上确曾发生过的一次旅行。黄昏来临，"我"与仆从们在洛河畔停下休息。从这时起，虚构和幻想开始登场了，侵入到真实当中，并与真实交混在一起。“我”在河边漫步，精神有些恍惚，这时，“我”忽然看到了一位丽人。接下来的对话是非常精彩的，“我”为此询问周围的仆侍们：你们也看到这人影了吗？她是谁？而车夫的回答是，据说洛水的女神是宓妃，您看见的人影，大概就是她吧。这句回答分明是在暗示，除了“我”之外，旁人谁也没有看到什么丽人。作者曹植在这里展示的技巧，让人想到爱伦·坡等美国小说家的写作和好莱坞电影中的精彩对话，用几句对话或描写，就暗示出不同的人物角色在认知事物上的巨大差距，并揭示出当事人精神状态与现实之间的脱节。用我们今天的理解，“我”此时是发生了癔症般的幻觉，对曹植那时代的人来说，“我”是在神力的召唤下，忽然处于通灵状态，与神灵产生感应，因而看到了凡眼看不到的神的存在。

在这里，作者对故事的可信性进行了又一次自我否定。接下来的内容，也是故事的主体，都是在讲述“我”如何与洛神遭遇激情，可是，作者在这里明确地告诉我们，判断洛神身份的依据，也就是说，这整个故事的前提，仅仅是建立在车夫的一句随口胡诌上。车夫的话语清楚地表明他本人根本没看见什么女神，实际上这位车夫没看到任何异象，他的回答，可能干脆是对看去有些神经兮兮的主人的随意敷衍而已。文章在这里展示了一个荒诞、疯狂的场景：尊贵的鄄城王曹植忽然神情恍惚，言语奇怪,坚持说他看到了一位丽人。周围的仆从显然没有看到主人所看到的这种异象,对曹植的胡言乱语不知所措,毫无办法,但又不敢逆忤主人,只好顺着主人的意思,找些支吾的话来搪塞。而这搪塞的回答,又成了“我”的幻觉进一步发展的根基。

车夫为了进一步对付、讨好痴狂中的“我”,就问,她究竟什么样子?请殿下给我们说一说,我们想听。于是,接下来,便是“我”一段喃喃梦呓般的言语,讲述洛神是如何的美。他在描述一个只有自己才看得见的人,显然,这是甄氏在作者心中日臻完美、被神化之后的形象,是他心中对女性的理想想象。这是曹植内心的幻象,旁人当然是看不见的。我们可以想象周围仆人们在倾听“我”的激动言语时是多么的莫名其妙。像爱伦·坡一样,作者故意暗示故事叙述者的心理幻想与现实之间的巨大差距,以及这种差距所产生的紧张和怪诞感。明显地,从这里开始,故事完全变成了“我”的幻想,与其说接下来的故事发生在洛河畔,不如说是发生在“我”的内心。

三

随着“我”彻底沉溺在内心的幻象之中,现实忽然完全地消失了。天地间只剩下了“我”和“我”面前的洛神,二者立即发生了一番情感纠葛，当然是在“我”的幻觉中。有意思的是，在虚构的狂想中，“我”始终是一个现实中的人，有着现实中的俗男子的一切真实情感，就像一个人在梦中会继续他在白日的行为逻辑一样。正像爱伦·坡笔下的变态人物一样，“我”在疯癫中仍然保持着一定的现实感，遵循或者说自以为遵循一套建立在正常道德和行为规范上的做事方式。

一看到洛神如此之美，“我”立即动了心，想与她交往。为了表示自己的诚心，还立即解下身上的玉佩来送给她。看到洛神真的回应了自己的追逐，这时，“我”还不忘虚伪地夸上两句对方的品德，说她又“习《礼》”又“明《诗》”！这一句话就揭示了“我”的矛盾性格，想要追求真性情，却又怯懦犹豫；想要越出礼教的仪轨，却又要靠礼教来为自己的行为辩护。——即使在幻想之中，我们也不能摆脱自身的庸琐和懦弱。没想到的是，洛神不仅答应回报“我”的情感，而且对这情感要比“我”料想的严肃得多，竟“指幽渊以为期”——她指着深深的河水说，我是水神，你要是真像你说的那样热爱我，就跳进水里来！只有投身滚滚河波，才能与我永远地结合。

可是，活人跳进水里是要溺死的，更何况，在中国的神话里，水波深处意味着另一个世界，这是如同黄泉一般与人世阴阳相隔的幽冥世界，它就像死亡本身一样，阴暗深邃，意味着大自然中不可知存在的无限性和神秘性。于是，一个严肃的主题忽然凸现了出来——唯有死亡才能达到永恒！在这种许诺面前，“我”却感到怀疑：虽然你是如此的诚恳，但我怎么知道没有受骗？真的吗，死亡就真的能达到永恒吗？这种质疑无疑与洛神的召唤一样的严峻有力。“我”退缩了，可笑的是，“我”退缩的方式，竟是忽然讲起了道德！“收和颜而静志兮，申礼防以自持”，装起正人君子来了。是的，原本以为只是一次不必负责任的艳遇，没想到却变成了生与死的极端考验，也就只有逃跑一途了。

面对男子的轻浮薄幸、虚伪和胆怯，洛神愤怒了。水神一愤怒，就要兴风作浪的，于是，作者在幻想自己与水神的一番情感纠葛之后，笔锋一转，进入了无比的狂想。他想象洛神在痛苦中周身发散的神光像雷电一样变幻不定，忽明忽暗，同时发出哀厉的长吟，呼唤同伴。于是整个水世界都被惊动了，众水中女神纷沓而来，一起在洛水上空翩飞往还，唱起渴望爱情的怨歌。歌声中，洛神激动得飘忽不定，在水上忽东忽西地变幻着形影，平静不下来。但是，她终于还是慢慢安静下来了，这时，另一种情感开始升起，她眼中、面上都出现了一种独特的神色，好像有些话到了她唇边，却难以吐出。

这一次，洛神谨慎了，怕自己的大胆再一次吓倒世间的庸男子，于是，她收起了波浪，在一片清歌妙乐中，带着“我”登上了神车，由六龙相驾，在大江大河中畅游，让“我”再一次领略天地的阔大，神力的无边。在上天入地般的神游之后，洛神才缓缓说出了真相。就像好莱坞黑白言情电影一样，玄机总是在最后一刻才道破——你认不出我了吗？我是你爱过的人！但是我已死了，从此阴阳永隔！然而我还是会永远怀念你。真相道破，分别的时刻也就到了，洛神与伴随她一起出现的一切奇丽幻象都忽然消失。

直到这时，恍然大悟的“我”才终于知道自己失去了什么，于是深深后悔了。经过一番徒劳的追寻，剩下的惟有益加热烈的爱情和绝望的惆怅，还有意识清醒过来之后无法逃避的沉重现实。

文中发生的事件从黄昏时分开始，到夜幕降临后就结束了，如果以物理时间来计算，前后也就持续了一到数个小时，真正做到了“从现在开始，在现在结束”。但是，由于这更多是作者的幻想，或者说是文中“我”的幻想，因此，这一切可能仅仅是“我”站在洛河边一刹那间的心理幻象，但是，也可能是“我”纠缠一生、反复不灭的白日梦。因此，文中的时间是不确定的，是富于伸缩性、带有很大弹力的，这种张力，才是叙事文学在构思上应该追求的境界。

四

正如曹植在文章开头已经声明的,《洛神赋》是对前人文章的戏仿。在这一篇不长的赋文中,充满对前人的文学创造的借用,被曹植随机加以重新组装。

赋文中最让人感受深切的当然是楚辞式的缤纷瑰丽。不仅作者一开场就声明自己是在模仿宋玉的《高唐赋》,而且,正如前代研究者指出的,其构思灵感实际也得于《离骚》的"吾令丰隆乘云兮,求宓妃之所在"。文中的意象纷呈,更令人在在想到屈原。如洛神激动发怒,引来众女神的情节,令人明显想到《湘夫人》中的"九疑缤兮并迎,灵之来兮如云";携"我"在天地间驰骋的一段,则显然从《湘君》、《河伯》、《离骚》等化来。洛神的形象,当然更让人想到楚辞特别是《九歌》中的女神们,而尤其让我想到山鬼。

多年前读过一本《九歌新注》,可惜年头太久,竟忘了是哪一家注的。不过注者对"山鬼"的解释给我印象很深,他说:《山鬼》实际上是一首驱鬼歌,在驱鬼仪式上唱诵。山鬼实际就是瘟神,由于当时山林幽深茂密,猛兽出没,林深水急,而且瘴气弥漫,对人充满危险,人们便设想可怕的深山就是瘟神的家,瘟神与山林神遂合而为一。有人生了病,人们以为是瘟神——山鬼在作祟，于是要设法把鬼赶走。可是鬼的威力实在太可怕了，人们又不敢太得罪它，没有办法，就只好用劝服、哄诱的方法，想把山鬼骗走。楚人由此发挥了无与伦比的想象力，把打鬼的仪式演绎成了一幕哀婉动人的独角戏，戏中的主角就是住在山中的女鬼，人们用假装理解的态度为她开脱罪责，说她给某个人带来疾病和死亡都是出于无心的，因为那是她爱上了这个人的缘故！人们设法让这一场爱情不能成功，让山鬼只能孤独地待在深山里，只有这样，才能把被山鬼纠缠上的人救下来。

我不知道这种解释有没有根据，是不是能得到楚辞专家们的同意，但是，我实在是喜爱这一种解释，通过这一种解释去读《山鬼》，就会在极度的情致缠绵中读出一番惊心动魄来：

深山间隐隐约约出现了一个人影，原来是用香花野草遮蔽身体的山鬼。但见她眼儿明亮，笑容可爱，世上人哪个看了会不爱上她的美丽！她周身充满着爱情——不，是周身充满着性欲地出现了，匆匆走出深林，前来赶赴与心上人的约会。大花豹子为她拉着辛夷花枝装饰的车，毛皮斑斓的山猫是她的伙伴，追随陪伴着她一起走来，车上高树着香桂做成的旗帜，她的爱情的旗帜。然而，这样一位天真、美丽、充满爱意、焕发着野性活力的人儿，竟是死神！楚人大概创造出了世界上最美丽和无辜的死神形象，她狂野不羁，但是纯洁无邪，就像游走

山鬼——“乘赤豹兮从文狸，辛夷车兮结桂旗。”（明·萧云从《九歌图》之一）

湘君湘夫人。(明·萧云从《九歌图》之一)

在山林中的虎豹一样，根本不知道自己的威力和危险，不知道自己意味着毁灭。

到了约会的地点，与山鬼相约的情人竟然没有来到。死神在爱意荡漾之中，像所有热恋的人一样，丝毫没有埋怨和怀疑对方，反而恨自己独住在深山荒林，道路难走，所以来晚了。像所有被爱征服的人一样，死神感到自卑，对自己不得不孤居在深山中的境遇感到遗憾，担心这个情况会影响自己的爱情。接下来，便是描写山鬼如何在云雨蒙蒙的山野中痴等，以及此时复杂的心理活动。她用采集灵芝来打发时间，她想出种种的借口，为恋人的爽约开脱，她设想对方也像自己一样急着来赶约会，可是实在是有事被绊住了。实际上，这是人们在借用山鬼的口吻，来为挣扎在死亡线上的病人辩护：不是这个被你死神看上的人不爱你，实在是因为在凡间还有很多事羁绊着他，要是他冷落了你，那也不能怨他。有意思的是，人们假装通过山鬼自己的口来说出这些话，仿佛这是山鬼自己推理出来的，而不是旁人强加给她的理由，以便让山鬼真的相信那设法逃避她的凡人的无辜，从而获得她的原谅。

但是，天色渐渐晚了，思念的人始终不曾到来，她终于开始意识到，自己山林野鬼的身份，可能会引起对方的怀疑。山鬼仍然安慰自己，对方一定是爱自己的，此刻，这种想法已经带有自我欺骗的色彩了。在这里，人们又是假装山鬼自己想通了“人鬼殊途，阴阳隔界”的道理，假设她能明白人间的人不敢与她进一步来往是有理由的。

诗篇终结于一个凄迷的场景：雷声隐隐，雨烟弥漫，猿的鸣叫在林中回响，山风飒飒，树木摇动，在这一片背景中，映衬着山鬼痴情忧郁的身影。既然她所爱的人始终不来，这当然意味着挣扎在生死线上的病人摆脱了死神的诱惑，有可能活下去了，而这，对死神来说，却是一次意惹情牵的失恋。

再没有一篇更好的寓言如此善于阐释死亡，在这里，死亡不是冷冰冰的，相反，它充满着热情和爱意，对生又是眷恋又是羡慕，它想要拥抱生命，想要与生命结合，但是，它对生命的追逐只能造成生命的毁灭。

《洛神赋》中洛神的形象，明显带有山鬼的影子。洛神一出场，便是“左倚彩旄，右荫桂旗”，曾经飘摇在云梦泽畔高山深林中的山鬼的爱情之旗“桂旗”，此刻被传递到了洛神的手中，在洛河的粼粼水波上再一次迎风招展。甚至同样的爱情场面也复活了，山鬼曾经在楚山楚水间采摘灵芝（“三秀”），排遣久待情人不来的烦愁。当《洛神赋》中的“我”来到洛河畔时，看到的正是那个在不知多久以前的荒远年代里曾经发生过的场景：一个幽灵般的女影满怀着爱情，在荒泽中采摘灵芝，等待心上人的到来。与山鬼不同的是，山鬼久待情人而不来，洛神却终于把情人等来了，好像是在千百年前一个讲到一半就停下的故事，此刻又被后人接起，讲了下去。

从某种程度上讲，《山鬼》和《洛神赋》，正像同一个故事的前半段和后半段。仿佛数百年前的那一场拦腰中断的爱情在这里又复活了，并继续进行了下去，通过《洛神赋》，我们看到了山鬼一旦和她的情人相逢所必然发生的结果：面对大自然神秘力量化身的女神，凡人不可避免地要被她绝对的美所征服，发生强烈的爱情。然而，女神立即就让凡人直面到死亡的危险，她要求他放弃脆弱的生命，与大自然的永恒力量结合。

出于对生的留恋，凡人的反应当然是退缩和逃避。看到自己的爱情遭到拒绝，女神顿时露出了不那么温柔的面目。她怨恨了，她惆怅了，可是她表达怨恨和惆怅的方式是电闪雷鸣，兴风作浪，并且挟持着凡人进行了一次东纵西驰的水上长游，让凡人充分领略一回自然界中不可知力量的威力无比。幸而，洛神与山鬼不同，山鬼来自于造化，像天地一样，是一种自然的生成，与人异类殊途，彼此是一种根本对立的关系。而洛神曾经是人，曾经在做人时与“我”相爱过，于是，在一阵大怒之后，她忽然想起了曾经有过的爱情，最终把“我”给轻轻放过了，用的则是当年山鬼自我安慰时所使用过的理由——“恨人神之道殊兮”。凡间的男子这一回算是靠了旧交情，走后门逃了一条命。

这好像也反映出中国神话演变的一种趋势，随着自然日益被人开发利用，自然力量在人们眼中就日益丧失了原有的神秘不可知色彩，人们对自然神的态度竟变得亲狎怠慢。神灵在《山海经》中是那么的怪诞莫测，在楚辞中是那么的诡异可畏，到了汉末以后，却渐渐丧失了威严。在《高唐赋》中神秘恍惚的神女，到了《洛神赋》中，已经可以说情通融了。及至唐代，这些男神女神的官署衙门，连同地狱中的判官殿，竟是人间官府所能有的腐败也都一应俱全。在近代的川剧《白蛇传》中，桂枝罗汉和法海更是敢在如来佛座前吵吵嚷嚷，鸡一嘴鸭一嘴地争吵，靠了旁的蛤蟆精之类来拉开，才不至于动手。

五

洛神在激动的时候，发出哀厉的长吟，呼唤来了历史上文学作品中出现过的、与她一样因爱情而失意的同性伙伴。“从南湘之二妃，携汉滨之游女”，楚辞和《诗经》中咏唱的对象，在这里携起手来，一同感叹对爱情的渴念。这时，我们才恍然发现，竟有这么多的爱情女神是与河流有关。

闻一多先生早就指出，在《诗经》中，水是性的象征，鱼与水象征着性的结合与和谐。实际上,盛满水的河流在《诗经》中则更是如饥似渴的性欲和潜在的性能力的象征,而渡河则象征着一次性体验的完成。《诗经》中处处呈现着这样的表达:

子惠思我,褰裳涉溱。子不思我,岂无他人?(《郑风·褰裳》)

实际上,以河流象征性,而以渡河象征性交,这一传统千百年来始终存在于民间文化里。例如《白蛇传》里"借伞"一折,白娘子与许仙初识的理由,就是要搭他的船渡过西湖,一路以阴以雨,多少有些像山鬼当年等待情人的情景。直到近年,有一出曾经演遍全国的湖南花鼓小戏,情节就是讲一个乡村少女独自出门,来到渡口,碰上少年船工:

女:请问,是哪一个送我过河去哟?

男:当然是我送你过河去喽!

这表面上天真无邪的日常语言,实际上却是充满暗示的彼此挑逗。接下去,便是一男一女载歌载舞,表现二人如何一同乘船过河,那实际的意思,当然是不言自明。

因此,《洛神赋》中,洛神携"我"乘神舟进行了一次东涉西跋的畅游,“越北沚,过南冈,纡素陵,回清阳”,也可以理解为对神人间一次长时间而异常热烈的性爱经验的隐喻。

然而,对性的渴望不一定总是能够满足,于是,就出现了“汉上游女”的形象。在《诗经》时代,春天,青年男女到水边聚集游玩,借着这个机会接触、恋爱,乃至野合。所谓“游女”,本是指这种来到水边恋爱的女性,但是,不知为什么,有一位男性在汉水边爱上了一位这样的“游女”,却不能与她结合,而且眼看着这位女性嫁给了别人。大概在当时对婚姻的观念已经比较严格,对已婚妇女已经有贞洁的要求,与已婚妇女发生私情在道德上已经不被允许,于是,这位失恋的男子发出了回响千古的感慨:

> 南有乔木,不可休思。汉有游女,不可求思。汉之广矣,不可泳思。江之永矣,不可方思。(《周南·汉广》)

男子形容“游女”与自己之间的距离阻隔,就像汉水一样宽广,不能游泳到另一岸;就像长江一样长,乘筏子也难以横渡过去。短歌的悲伤和绝望打动了世世代代人的心,于是,“汉上游女”也成为一种可望而不可即的爱的象征,反复出现在文学里,她似有情似无情,来去无定,飘忽迷离,不知所终,留给人的只

杜丽娘魂游——"赚花阴小犬吠春星,冷冥冥梨花春影。"(明·吴文衡绘《明刻传奇图像十种·牡丹亭》)

是失落和感伤。

实际上，山鬼—湘妃—高唐神女与汉上游女是两个并行的象征，前者象征着性的热情、诱惑、神秘，由之生发出对大自然神秘存在的困惑；后者则象征了性的渴望和苦闷，并且引申为对人生意义的怀疑。《洛神赋》正是对这两个文学母题的再一次重新演绎，两个古老的原型形象在洛神身上融合为一体，楚辞和《诗经》两个伟大的文学源流在这里犹如两条大河一般浩浩荡荡地交汇在了一起，贯注着中国文学的汪洋大海。

山鬼与汉上游女两个原型的融合，实际上奠定了后来一切爱情神话故事的基调，在后世的故事中被一再地重写、演绎。最有趣的大概是《牡丹亭》，在这一个故事中，男女主人公互为对方的“高唐神女”，彼此进入对方的梦境，给对方一次恍惚而丰美的性爱体验。但是，在故事的前半部，主要情节的安排表现为对传统故事原型的一次性别倒置，处在“高唐神女”和“汉上游女”位置的，是一位男性柳梦梅，而女主角杜丽娘则充当了楚王的角色。“游园”一折，无疑是又一场高唐梦，随后杜丽娘重回花园找寻旧梦而不得的一折，则是《汉广》一歌的一次重写，让一位女性唱出了对性的渴望和性的苦闷。在“似这般花花草草由人恋，生生死死随人愿，便酸酸楚楚无人怨”中，我们依稀听到了“江之永矣，不可方思”的对人生怨望之情的回声。然而，到了下半部,性别角色又置换了回来,杜丽娘成了山鬼式的女鬼,在荒芜的花园中徘徊,借着月色窥望书房中烛光里的阳世情人。古老神话原型在《牡丹亭》被游戏般地错置、变形、嫁接,再恢复原态,达到了一种特殊的奇异效果,如梦如幻。

然而,随着新文学的兴起,这一切好像多多少少地被现代了的中国文学家忘记了。在我们的文学中,如今到处都是博尔赫斯的影子,我们模仿魔幻现实主义,崇拜卡夫卡,称赞《大师和玛格丽特》,但是又有几人记得云梦泽的桂旗,汉水滨的悲歌?如果一个民族独自的梦幻都死灭了,它又如何定义它自己?然而梦想是不肯被轻易忘记的。在余华《世事如烟》的结尾,少女被几个成人野蛮地强奸之后,唱着歌,慢慢走入江水之中,这时,我们看到古老的幻想依稀残留,不绝如缕。

空中一朵雨作的云(外四章)

《高唐赋》以它在序文中所讲的一个神秘故事而著名，故事说，在古老得不知多久远的年代，楚国的一位先王到高唐之地周游，在休息时梦到了一位神秘的女性，二人发生了一场神人间的男女之情。而这位女性是谁呢？原来她是“朝云”，是长江三峡中的雨云的化身！她每天清晨都在巫山上空缱绻流连，到了黄昏便化作一阵疾雨，沐浴着长江及其两岸的山林。

这个神奇的故事曾经引起后人的诸多疑惑不解。特别是儒生们，不明白何以要让堂堂的君王在梦中与来历不明的神女发生情爱之事，于是，每每抨讥其为迷离恍惚，荒诞不经。然而，这个荒诞故事是如此的美丽迷人，又让人欲舍不能，千百年来，始终盘绕在中国人的心头，以致人们一提起《高唐赋》，就会首先想起其序文中的这个著名故事，而对它的其他部分忽略不计。

“巫山云雨”成了男女偷情的代名词,人们已经懒得追究隐藏在这个故事之后的喻义了。

作者宋玉在这里真的仅仅是在讲一个偷情的故事吗?如果是这样，我们又怎么解释这一长赋一开篇就展示出的雄奇气势?——楚王和宋玉站在云梦泽畔的高台上,眺望遥远的高唐峡的巅影,忽然看到了一片奇异的云。它先是呈现为一片雾气,袅袅从峰屏嶂影间升起,在高天中凝成了云朵,迅速变幻出万千形状,像是在游戏,也像是在发散诱惑的魅力。

这云影像是无声的召唤,勾起人们的好奇,就像大自然中所有奇丽壮观的现象一样，它自然而然地引发出人的困惑感:它是什么?它意味着什么?它对人有着什么样的意义?在古代人天真的思想中,造化让这样奇美的现象出现,一定是要向人昭示什么的吧。这正是楚王所发的疑问,于是,在他的追问下,宋玉讲述了那个古老的传说,雨云化身成神女来与楚人的先王幽会的故事。对我们后人来说,这只是个故事,但是,对于楚人来说,这却是他们民族的神话,是他们祖先传下的历史。这里重要的并不是什么男女之情,而是以隐喻的方式,讲述楚人的先民如何与楚山楚水之间获得了默契与和谐,如何得到了自然之神的关爱和保佑,人和自然,就像一对恋爱的男女,亲密缱绻,彼此依恋。几乎所有民族都有类似的神人交合的神话,而楚国是一片多雨和多水的土地，水在这里无所不在，统治着一切，也哺育着一切，还塑造着一切，因此，在楚人的神话之中，大自然最伟大力量的具体体现，就是水，是云，是雨，于是代表大自然向人类允诺幸福的，当然也就是云雨之神，而水、云、雨阴柔缠绵的形象，又让人自然地把它的化身想象成美丽的女性。

只有理解这一点，我们才能明白《高唐赋》正文中那一长段洋洋洒洒的文字的意义，也才能感受这段文字的力量。古老的传说让楚王愈发产生了好奇，他问宋玉，本王我是不是可以像先王那样，也去朝云所在之地一游？言下之意其实是，他也想来一次先王那样的艳遇。宋玉说，可以呀！楚王问，那里是什么样子？宋玉回答，那里——高唐峡——是无比的高峻，无比的深广，它孕育万物，其神奇丰富，不可想象。于是，在楚王的要求

弋猎（战国宴乐渔猎攻战纹铜壶摹本）。

下,宋玉开始描绘高唐峡的气象,由此,才进入了赋的正文。原来,这篇长赋的主体,是意在赞颂三峡,歌颂神女的家,她日日夜夜,流连徘徊,眷恋不去的地方,我们也因而有幸一窥两千年前长江三峡一带的风貌。

显然,在宋玉的时代,这里还少有人类活动的痕迹,因此,对于楚人来说,三峡也还是一片充满未知的神奇之地。也因此,我们得以在中国文学中看到了一片尚未被人类打扰的大自然,这种原始状态的自然界是早已远离中国人而去,以致我们已经忘记它在中国大地上曾经的存在了。然而,阅读《高唐赋》,让我们惊觉这一片土地昔日是何等的物种丰富,资源广饶。孕育了中华民族的土地,原来是一片造化赐福的山水啊! 文章讴歌了高唐的各种形态,这一段文字的瑰丽奇异,是只有生活在湿润丰盛有如亚热带的森林湖泊间的楚人,才能写出的。其中让人印象最深的描写之一,是在形容山坡上林木的茂郁深秀之时,作者刻意描述了树枝随风摇动之声的感人力量。无数细小枝条的摇响交汇在一起,高低相和,竟然有如音乐般宛转多变,以致让人类听得不由自主地悲从心生,并在这大自然吟出的无词之歌中,对人生的苦境产生更痛彻的体悟。什么样浩大和美妙的天籁,才能有这样神启一般的力量!

在原始之美得到极力铺陈以后,人的影踪终于出现了。这时，作者宋玉回到了人类自身，也回到了人类的历史。通过他的讲述，我们和楚王一样得以知道，昔日先王的那一次遨游，实际是楚先民的一次大规模的出猎。然而，先民在打扰大自然的时候，态度是郑重和尊敬的，巫师们汇集在一起，奉上隆重的祭品，举行了敬拜众神和太一神的仪式。仪式之后，楚先王才发动仪仗，奏起音乐，让人类的文明进入这片亘古不变的高山深林，然后展开一次集体的围猎。那时的大自然也是慷慨的，让人类——它最宠爱的儿女——几乎不费什么力量，就满载而归。

赋中在这里没有明说，但我们读者已经足以明白，楚先王那一次与神的交会，正是在这样的情况下发生的。于是，在这里，宋玉话锋又是一转，用进谏而实为教训的口气说，楚王，你如果想要会见高唐神女，一定要满怀敬畏，要郑重其事。不仅如此，你还要努力做一个贤君，这样自然就会得到神的保佑，获得神的力量和智慧。这时，全文的主题才昭然呈现出来，“巫山云雨”故事的意义其实也不言自明了。三峡，这一片造化的杰作，是一种神秘、丰饶的自在，而女神正是这一自在的源泉和驱动力量，是它的化身、象征，她的无限伟力，乃是人类生存的前提。人类只有对她满怀尊敬，才有可能与她达成和谐，获得她的佑助。

这个奇特的故事，实际凝缩着祖先们在争取生存的漫长而艰苦的努力中获得的宝贵认识，他们用神话这一比喻的方式，把这一经验代代向下传递。然而，实际的情况是，随着文明的进步，人类显然是迅速忘掉了那些古老的智慧。三峡经过人类一代代的开发，固然早已不复是宋玉所讴歌的那片云雨往复，幽密莫测，千林争秀，万木竞长，禽兽出没，虎啸猿啼的神山圣水，“巫山云雨”故事的寓意也被人们遗忘，以致在很长时间里，竟然被当做一个意涉淫亵的故事来玩味！

人间的天堂与地狱

假如人间有天堂，啊，它就在这里，它就在这里，它就在这里！——这是当年偶然读到过的两句诗，印象中，是出于一位古代阿拉伯诗人的诗作。在阅读《洛阳伽蓝记》的时候，我的第一反应，竟然是立刻想起了这两句残诗。

《洛阳伽蓝记》这部书似乎在市面上不容易见到，我自己是在寻觅已久之后，才在最近终于到手了一本。于是，也就拖延到今天，我才有缘在孟元老的汴梁，吴自牧的杭州，张岱的西湖，刘侗的北京之外，终于结识了杨衒之的洛阳。读张岱的散文，让人会恍然以为自己也是一个清闲士大夫，在西湖的四季中晃来晃去；《东京梦华录》、《梦粱录》则回荡着一千年前的喧嚣市声，繁闹快乐；至于《帝京景物略》就不用说了，面对着被开发商残暴破坏的北京，那是所有从小生活在这古老帝都的人的一缕残梦。但是，杨衒之的洛阳，与所有这些都毫不相同。一边读《洛阳伽蓝记》，我一边想象着拉萨，东南亚的那些佛都，以及印度的宗教圣地。原来，在黄河边上，也曾经有过这样的时刻，人们对宗教的激情，使得一座世俗的城市忽然化身成了人间的净土，地上的佛国。一句“南朝四百八十寺”，已经让后人产生了无数的喟叹，无数的幻想，而在北魏时代的洛阳，大小寺院的数目竟然高达一千一百余所。在杨衒之深受佛经语言影响的文字中，这一人间佛国的庄严美妙，简直到了让人目迷神摇的地步。

杨衒之的文字表面看去带有一种学术的客观性，但是，仔细阅读，就会发现他的笔法异常讲究，文学情致雅致而含蓄。且看启卷介绍永宁寺的这一段文字——他一上来就首先讲述寺中“去地一千尺”，离京师百里之遥便可以望到的九层高塔。他不惜笔墨，告诉我们这座宝塔的每一个辉煌细节，最后由视觉之美进一步发展成听觉上的动人——“高风永夜，宝铎和鸣，铿锵之声，闻及十余里”。然后，以高塔为坐标，作者的目光向四外辐射，描写了永宁寺的种种胜境，直至寺门外的青槐茂盛，绿水长流，“路断飞尘”，“清风送凉”。随即，作者笔锋一转，又回到了高塔，这一次，他是带着我们从塔顶的高度打量四周：孝明帝与

“上有金刹,复高十丈,合去地一千尺。去京师百里,已遥见之。”(永宁寺塔基遗址)

胡太后曾经共登其上,“视宫中如掌内,临京师若家庭”;作者也曾与友人同登高塔,“下临云雨,信哉不虚”! 接着,作者由已及人,由本土人的经验推进到外国人的感受,进一步强调永宁寺的巍然壮丽。据文中说,菩提达摩看到这座宝塔之后声称,他已经活了“一百五十岁”,但是,这样的寺院,他在印度都没有看到过,甚至“极佛境界,亦未有此”,以至激动得“口唱南无,合掌连日”。到了这里,文章其实已经从客观性叙述进入到了传奇、传说的境界,面对着“金盘炫目,光照云表,宝铎含风,响出天外”的宝塔,我们愈加感到处身于一种迷离、超脱的境界。

永宁寺遗址出土塑像残件。

借助达摩之口,作者直接道出了这一层意思——这里难道不是人间的天国吗?假如人间有天堂,它就在这里!确实,如果仅仅阅读书中关于佛寺的描写,我们会热爱上洛阳昙花一现的佛都形象。然而,杨衒之的用心要远过于此。仅举“永宁寺”这一节而言,他在开首第一句就埋伏下了不祥之音,“永宁寺,熙平元年灵太后胡氏所立也”。一看到“灵太后”,稍有历史知识的读者,大概都会在心头立刻滑过一层阴影。此后,在对这人间天堂的描述中,“太后”的幽灵时时出现,使这一片辉煌中总是有一缕哀音在回荡。果然,在唱出了永宁寺的“极佛境界”之后,作者笔锋急转,他仍是那么不动声色,用一句客观式的叙述“建义元年,太原王尔朱荣总士马于此”,转换了整个故事的色调。读者忽然发现,一个麦克白式的血淋淋、阴惨惨的故事开场了,并且不可避免地滑向了那个可怕的历史时刻——主要是由于胡太后的愚蠢,北魏王公百官,包括太后本人与孝明帝一共两千多人,被尔朱荣一朝残害于河阴,北魏的上层社会几乎一朝灭绝。凡是预先知道这一结局的读者, 在阅读永宁寺之美的同时,大概都会在内心里感到一阵阵寒意。杨衒之则通过对史实的叙述,让我们更加清楚地认识到这样一个沉痛的事实:这样美丽的事物能出现在人间,其实竟是一个女人的愚蠢的结果,是由于她的佞信佛教,她的专权,她的不惜国力。这时,永宁寺的美忽然变得如此矛盾起来。

这就是杨衒之所以是文学家的原因，他不是为蒙罩在真实人生之上的美丽幻影而手舞足蹈，恰恰相反，在这幻影中，他却看到了人的处境悲惨。当杨衒之的笔转用于描写人的时候，他笔力甚至更其惊人，我们没法不对他塑造人物、场面、情节的本领感到折服。让我们吃惊的是，他笔下都是些真正莎士比亚式的灵魂和行为，虽然足以吓得人透心发凉，却绝没有崇祯吊死煤山式的窝囊，登台的每一个人物，都是那么的有血性，那么的强横刚猛，充满着狂暴和激情。其中作者寄予最大同情、刻画也最复杂丰富的，大概就是孝庄帝。为了“宁作高贵乡公死，不作汉献帝生”，这位皇帝设下骗局，亲自挥刀把尔朱荣杀死在明光殿上，这是多么复杂的行为？壮美与野蛮，狡诈与率直……一切矛盾的品质都集中在这一个行为中，杨衒之给我们提供了一个何等精彩的灵魂形象啊！

更精彩的是，尔朱侯、尔朱那律兵临洛阳城下这一段，完全是戏剧的场面和情节——在同一个时间和空间，孝庄帝登上大夏门，派人去与来犯者谈判，尔朱侯、尔朱那律向使者索要尔朱荣的尸体，说到最后，叛乱者是一片痛哭之声，而孝庄帝也被带动得为他的敌人难过、感伤起来。这是何等的戏剧性啊！然而动情归动情，大家最后还是刀兵相见，在交战中，双方都表现出了令人佩服的勇气、机智和不屈不挠。至少在杨衒之的叙述里，战斗的结局是完全好莱坞式的(正像孝庄帝杀尔朱荣的经过也很好莱坞一样)，尔朱兆出奇制胜，强渡黄河，结果直入洛阳，在皇宫大殿上擒获了孝庄帝。

永宁寺再一次成为这场大乱的见证——孝庄帝被囚禁在寺门楼上，就是那画有云气和神仙的华丽高大的门楼。永宁寺这一人造幻境的全部意义，似乎只是用来作为一场人类悲剧的见证！这时候，这个灵魂中的另一些东西开始浮现出来了，孝庄帝在被害死之前虔诚礼佛，他对佛发了一个誓愿，这誓愿不是复仇，不是卷土重来，而是希望来生再不要转世为国王。他的五言绝命诗更是充满痛苦的绝望，“权去生道促，忧来死路长”，这真是照亮幽冥之路的一点灯光已经在眼前摇摇闪亮的人才能写出的可怕句子啊。

杨衒之就这样一次次无情地戳穿他自己精心营造的梦境，人间没有天堂，那貌似的人间天堂，其实正是一座人间的活地狱！此时，杨衒之笔锋又一转，宣告了这一座人间奇迹的毁灭于大火。最后，仿佛是满篇激情的一种余音，作者说到，有人曾经看见永宁寺的光辉影像遥遥出现在了海上，当然，随着起雾，它又很快消失了。在人间，天堂确实难以存在，似乎只有到彼岸去寻找，而彼岸又是那么的缥缈不定，难以寄托。

仿佛是应和开篇第一句的不祥之音,作者用这样一句话结束了全篇——北魏分裂,东魏迁都,北魏时代的洛阳,杨衒之的洛阳,永宁寺见证了其最后的辉煌和血腥的洛阳,有着一千座伽蓝的神奇城市,荒化成了一片废墟。

先把我们带入天堂,然后又把我们直接抛入阿鼻地狱,恐怕很多人都想象不到,散文可以有这样强悍的力量吧!不知从何时起,我们对散文好像形成了一种固定的成见,以为散文就是张岱式的风格,是荷香藤影,浅斟低唱。可是,杨衒之早就已经向我们证明,事情绝非如此,世上曾经有另一种散文,就像黄河边曾经有过另一种城市一样。

映照死亡的是生命

在我们这个犬儒的时代,像曹丕《与吴质书》、江淹《恨赋》这样的文章,是很难被人理解的。

《与吴质书》中,曹丕直视死亡的勇气首先就让我们陌生。谈到徐干、陈琳、应玚、刘桢——建安七子中的四位——以及其他亲友忽然遭瘟疫而死的情况,他竟然用了这样的语句:“观其姓名,已为鬼录”,“而此诸子,化为粪壤”。古今有几人,在怀念死者的文章中,会毫不讳言那被怀念的对象成为了“粪壤”?曹丕这样说,是因为他对死者没有感情吗?可是,《与吴质书》中,作者恋恋不忘于与这些好友生前一起联翩出游的快乐,分明对死者已逝这一事实难以接受,一再悲呼“痛可言邪”,“言之伤心”!纵贯通篇的,都是他对亡友的怀念,说明他绝不是无情。然而,友情与怀念,并不能阻止作者道出死亡的实质。

我们不得不承认,魏晋人观看世界的方式,是和我们太不一样了,他们固执地坚持真相,坚持直视死亡。文字的妙处,本来就在于可以让现实发生扭曲,用想象去代替真实。不是吗,我们很多人之所以迷恋写作,就是因为通过写作,可以摆脱现世的压迫,在幻想的时空中获得自由。文学有太多的办法,可以给死亡罩上一层朦胧的梦影,褪去它的恐怖颜色,甚至让它带上一分浪漫,一分诗情。但是,魏晋南北朝的文学家们,竟然拒绝文字的这种奇妙功能,在涉及死亡的时候,他们一致地采用极端的现实主义态度,在这一点上,曹丕的《与吴质书》绝不是孤例。江淹《恨赋》中在谈到死亡的普遍状态时也说:“蔓草萦骨,拱木敛魂。”——不管我们愿不愿意承认,这却是真相,死亡就是这样赤裸裸的丑陋。

在我的印象中,中国人在文学中是喜欢回避死亡的。然而,作为生的必然的结局,死其实难以回避,于是,中国文学就发明了许多的手法,如婉喻之类,来解决这个困局。其实,古典文学

曹丕像。([传]唐·阎立本《历代帝王图》)

并不是一向如此。魏晋南北朝人就似乎对死亡这个主题异常执著,一次次地,他们谈论着各种各样的死亡,谈论生命的短促,宿命的必然。人们常说魏晋时代是一次生命意识的觉醒,其实,正如一个硬币的两面,这时代同时也是死亡意识的觉醒。

随着文章的深入,我们看到了曹丕更深一层的痛苦。他历数了亡友们生前的美好品格,以及他们的才性、学术和文学成就,所有这些充分展现人性光辉因而魅力无比的东西;同时,他也谈到这些人的人生缺憾——有人是因为被死亡中断了进取的脚步,有人则是因为先天的禀赋所造成的弱点,在文学、学术成就上未臻更高境界。突来的死亡完全粉碎了他们朝着丰满的人生继续前进的可能,这个事实,使曹丕陷入了迷惘,甚至消沉。一方面,他对人间痛失才俊,自己痛失知音,而感到难以抗拒的孤独感;另一方面,他“既痛逝者,行自念也”,想到了自己的人生。

对朋友吴质,曹丕吐露道,自己“年行已长大,所怀万端,时有所虑,至通夜不瞑”,朋友的死去,自己的年岁渐长,都使他对人生产生了极端的焦虑感,以致急得终夜难以成眠。可是,这种焦虑并非出于对死亡的恐惧。在接下来的一段倾诉中,我们能够清晰地看到曹丕的思路:他感到自己没有年轻时的“志意”了,还没有白头,就已经在精神状态上成了“老翁”,这是在谴责自己丧失了朝气;同时,他更对自己的功业、成就,以及整个的人生状态感到不满。在痛切的自责之后，他得出的感慨却是，“少壮真当努力,年一过往,何可攀援?古人思秉烛夜游,良有以也”——应该抓住青春,抓住人生的每一寸时光,来努力创造丰盛的人生！直视死亡，并没有让魏晋南北朝士大夫们畏缩,相反,这反而成了让他们无比眷恋生命的最大动力。与孔子的“未知生,焉知死”相反,魏晋精神,恰恰是“未知死,焉知生”。让曹丕焦虑和痛苦的,是人生匆匆,在有限的时光中,人们没有能够让生命本身如一束火焰般彻底燃烧。然而,他也知道,那种让人生完全的光华四射,无一丝缺憾的境界,是不可能达到的,也因此,曹丕竟至陷入了消沉。他的消沉,不是因为死亡的将要来临,而是因为在死亡来临之前,没有能充分演绎生命的美丽。在南北朝之后,大概中国人再也没有过这样拥抱生命的热情。

在活着的时候,没有尽情展现生之美丽,没有实现抱负和理想,没有达到人之为人的各种最高境界,这个问题所引起的焦虑,在那个时代的文字中,是十分普遍的。最典型的例子,是江淹的《恨赋》。这篇长赋的主题是一种情绪——恨。这个主题,也是我们所不熟悉的。恨,就是不解脱,这样岂不是不够达观么?可是,魏晋南北朝人好像不知道“达观”是怎么一回事。《恨赋》满篇的怅恨之情,皆因生命没有得到充分的表达,生命不能自主。

作者列举了历史上一系列悲剧人物的身世遭遇，秦始皇、赵王、李陵、王昭君、敬通、嵇康，以及孤臣、孽子、流浪他乡的远客、遭放逐的戍徒，这些人的地位和具体遭遇彼此千差万别，共同点只有一个：都是人生充满了不得意，没有按照自己的意愿，完成自己的人生之旅。最让人惊异的，是作者举秦始皇为人生有恨的第一个例子。在作者看来，秦始皇固然“削平天下，同文共规”，开万代之基业，其辉煌无人能及，但是，也正因为如此，他雄图未已，便猝死出巡道上，才尤其值得抱恨。

这种想法让我们惊异；一种观念早就深深地浸透了我们的血液：这就是所谓“知天乐命”的人生观。魏晋人是“知天”的，在这一点上，他们远比我们要更达观得多，所以，他们才不回避死亡，才把死亡当作返照人生的一个坐标。但是，他们“知天”，却不肯“乐命”，恰恰相反，他们“恨”命，并且在文章中反复啸吟着这种恨意。

也许，在那个时代，佛教还刚刚传入，道家也还在成形之中，中国人还不像后来那样，有那样多的退路，那样多自我解脱的方式，于是，他们的生命热情就像火一样炽烈，燃烧着他们自己。因此，那个时代的中国人不肯“苟活”。这种不肯苟且的精神，在我们看来，几乎到了过分的地步——人生中的任何一点缺憾，都是不可忍受的，都是强烈的失败，是一种难以承受的耻辱。甚至如秦始皇，即使开辟了千秋万代的功业，可是，人生的最后一点不完美，也足以使他的生命之旅成为一趟遗憾和怅恨的行程。照这样苛求的标准，当然没有人的生命过程是可以无恨的。“自古皆有死，莫不饮恨而吞声！”在江淹看来，正因为人生的注定不能圆满，因此，人之死，就无一例外地成为一种痛苦的结局。但这痛苦不是因为死的来临，而是因为在死亡到来之前，没有让生命如花绽放。

今天的人普遍更喜欢《五柳先生传》和《归去来赋》，当然是有原因的，因为逍遥和隐逸，更合乎我们的犬儒态度。不知道从什么时候起，仿佛已经是很久了，知天乐命、宠辱不惊的达观精神，就支配着我们的灵魂，也支配着我们的散文写作。这种支配所持续的时间是如此之长，以致我们往往误以为这就是中国人固有的文化精神，是中国散文所唯一可以表达的人生情调。像《与吴质书》和《恨赋》中这种直面死亡因而对生命绝不苟且的态度，不仅为我们所陌生，而且也让我们难以接受。然而，这种态度的存在，正证明了中国思想从来不像我们想象的那样单一。是不是已经到了这样的时刻，我们终于厌倦了把散文当作犬儒精神的传声筒，而重续起中国文学史上另一种精神的散文写作？

清香悠远的灵性之筏

有人曾经用梅树的树枝,扎成一只筏子,这梅花筏后来就沉没在了湖水之中。可是,有时候,它会忽然从水底浮起,在万顷碧波上自在地漂游。到了春天,筏上的梅枝还会开出花来,于是,在它一路经过的地方,就留下无数散落的花朵,漂满了湖面。

这是黄汝亨《浮梅槛记》中引述的故事,也是他徜徉西湖上的游船之得名的来历。也许,再没有比这更好的比喻,用来形容晚明小品的意义。晚明文人的这些闲笔,恰像清雅梅枝扎成的一只脆弱的浮筏。它不禁风,不禁雨,百无一用,不过是一些士大夫用他们苍白无力的手制造的华而不实的玩意儿而已,一场改朝换代的巨澜,早已轻易地把它掀翻,打落在时光长河的水底。可是,这看似不堪一击的筏子却有另一种生命力,它尽管静卧在历史的深处,却能经受住一切外物的侵蚀,因为编筑这一只文学之筏的梅枝,乃是人的精神,人的性灵。它会时时地忽然浮现到水面之上——每当有一只手翻开明人文集的时候,每当有一颗心灵,试图与明代士大夫的心境相交融的时候。一旦有文化的春天降临,比如白话文运动蓬勃兴起的时刻,比如八十年代“文化热”的时刻，这灵性之筏就会重新焕发魔力，万花怒放，所过之处，洒下点点落花，浮满春天的湖面。

在新文化运动中从那神秘之筏上摘撷下的一点落花，随着上世纪八十年代的文化热潮的涌动，漂浮到了我家的书架上。这就是施蛰存先生编的《晚明二十家小品》。然后，它就被遗忘了，常常遗忘很久，正像一朵花被遗落在尘土之中。可是，一旦我把它从书柜中拿出来，随手翻开一页，就感到那文学之筏的幻影，悄然地从冥冥中浮现了出来，载着人漂离现实，去体验另一种生存。

自古，贫穷、战乱、苦难，能催生好的文学；富裕、安逸、奢华，也能催生好的文学。二者气质自是截然不同。生于贫穷苦难的，往往是悲歌慷慨，宏大苍凉；生于富贵安逸的，就免不了有一种纤柔绮靡贯注在里头。同是江南烟雨滋润出的花草，东晋南朝的赋文总是于铺陈绮丽中回响着强烈的悲凉之音，晚明的小品，却只有脱俗出尘的禅机仙气。可是真爱文字之美的人，又怎么能在这二者之间作取舍呢。

一册《晚明二十家小品》在手，我们就进入了一个怎样清闲安逸的年代啊，虽然金戈铁马的声音已经在天边隐约回荡，但却打不破长江岸边的一场清梦。那梦中的人，也是造梦者，一群软弱而无为的士大夫，尽得天地人文之精华的滋养，其材却不

明人册页一例。(明·沈周《卧游图册》之一)

堪补天。温柔富贵的物质环境，一旦与底蕴深厚的文化传统相遇，往往会有这种意外的生成。然而，正是这样一群位于人类进步历史边缘的人物，却向我们展示了人生最高超的境界，展示了人所能想象的最接近神的生存方式。

那是离了婆娑的竹影，摇漾的柳丝，沁脾的荷香，山影，泉声，茶，诗，画，以及风，雨，雪，就无法成立的一种生存。只有在这样的生存中，泉水的鸣响才能压倒一切尘世的喧嚣，以它那“哀松碎玉”、“摇荡川岳”的天籁之音，来涤荡人的灵魂（袁中道《爽籁亭记》）；这样的生存，才会“戒杀，戒演戏，戒多滋味，戒毁墙壁篱落、砍伐摧败诸竹木”，反对一切人为的热闹，而满足于“清风白月，秋声夜色，摇摇坠竹树下”的旷淡情境（黄汝亨《玉版居记》）。

有人或许会以为，这些文字只是在描述士大夫狭隘有限的生活，空有文采之美，而思想意蕴不足。然而，这是何等的谬误之见。就以李流芳的《题画卷与子薪》来说，不长的文章，表面上似乎只是讲述了作者的浮生一日，在“新绿映槛，雨润欲滴，门外屐声不至”的闲适中，二三知己，用哥窑和古玉的两只杯子斟酒畅饮。陪伴他们的，只有新摘的芳香的蕙花，以及“视人而笑”的蔷薇，还有“著花如雪”的几丛虎茨。饮到兴起时，作客的人竟然可以反客为主，要求主人为他作画。于是，艺术就在这样的酒酣时分自自然然地进入了生活,两个朋友展开素纸,一边谈天,一边挥笔作画,画成了,再要题上一首诗,作画者竟然已经大醉到吟不成诗句了。既然是醉不成吟,主人索性用一篇跋文来代替,把这一天的生活记载到画上,这醉中的乘兴之作,却成就了传诸后世的一篇精彩的小品文。艺术,文学,生活,就这样自然交融成了一体。

李流芳的另一篇《题画册》,则以寥寥百余字,追述他创作一个小画册的过程。每一幅作品,都是作者在泛舟水上,有所意兴之时随手挥洒的。先是“舟中热甚,不堪近笔墨”,于是画纸也是“开而复卷”;后来重新荡舟西湖,“舟中无事”,闲情之中,便画了五幅作品;接着,因为碌碌奔波,“不见湖山,无从发画思”,又住了笔;后来,在买舟饱看红叶之后,在一个“风雨如晦”的夜晚,作者“灯下饮数杯”,乘兴又完成了三幅画。创作的最高潮则发生于一次与朋友对饮之后,“雨过月出,天水如洗,徙倚船头,听君长吹箫度曲,弹三弦,遂不能寐”,在自然与音乐与酒的共同作用之下,诗人挑灯挥写,于是,一件艺术作品最终完成了。对于绘画创作,作者自有他的鲜明原则——“意倦辄止”,只有在有“画思”的时候才肯乘兴而为,否则,宁可不动笔;而“画思”的产生,则要来自于自然的、人文的交感启发。

谁能说这只是两篇闲文章?关于艺术,关于艺术与生活的关系，这些闲淡的文字，却传达着怎样深沉如海的妙悟！在这样的文字面前，我们今天有关凡·高和毕加索的神话，几乎一下都变成了闹剧和笑柄。明人小品能教给我们的很多，其中的一条就是，不要以为柔软的文字就一定缺乏深刻，不要以为只有逻辑思辨的语言才能传达人类的思索。也许，只有施蛰存那一代深受旧文化熏陶的人物，才能如此贴近明代人的心灵，一部《二十家小品》中所选的文章，都像李流芳的两篇题画短文一样，足以让人透过文字直达四百年前古人的思想内部，触摸到他们对文学、戏曲、艺术、自然、社会，人生的种种哲理之思。

文明要到何等成熟和发达的地步，才能进化出明人小品所展示的那样高度悟性的"有情"的心灵？有时，我会想，人类进步的方向是不是选错了，原本不该朝着华尔街白领的方向一路狂奔而来，而是应该向着明代士大夫的方向努力的。当然，这样的想法，只会被人笑为痴人说梦而已。可是，这并不妨碍有一点落花落在我的书柜中，每当我拂开尘土，捻起这朵落花，一只性灵之筏就会从人类沉睡的内心深处浮起，它载来唯有人的智慧才能发散出的那历久不衰的冷香，让天地间清气四溢。

尘梦哪如鹤梦长

由于无缘在一个好的教育制度下成长,所以,到了如今这个岁数,重要的古代典籍几乎都没有读过,这是一个很痛苦的事实。在少年时代,在对付糟糕的应试教育之余,剩下的力气只够翻一翻古人笔记了,也就是在这种情况下,《阅微草堂笔记》一度成了我的“热读”对象。

我对《聊斋志异》一度不很喜欢,直到最近才开始读出一点味道。《聊斋志异》的种种优点,比如情节复杂完整,人物鲜明生动,主要以男女性爱为主题……使它无论从哪一方面衡量都更接近当前意义上的短篇小说,但是,却恰恰成了使我难以喜欢它的原因。这也许是青春期的反叛心理在起作用吧。我当时并没有留意到纪晓岚对于《聊斋志异》的批评,说它太像“戏曲关目,随意装点”,“燕昵之词,亵狎之状,细微曲折,摹绘如生”,如果那时知道了这一点,说不定要击掌赞同呢。不过,我倒是一直陶醉于《阅微草堂笔记》所呈现的与《聊斋志异》颇为相反的意趣,即鲁迅所谓的“雍容淡雅,天趣盎然”。

其实,《阅微草堂笔记》所呈现的天趣,恰恰是由一种独特的笔法——或者说经营方式——造成的,这种笔法完全不同于西方小说和散文的经营布局,是中国长远的笔记传统所发展起

清·方薰《映花书屋图》局部。

宋·佚名《猿猴摘果图》。

来的一整套成熟的方法样式，有它自己的起承转合的路数，使得笔记能够形散神不散，表面随意，其实结构得异常精巧。比如曾经让我最陶醉的一则短章（《如是我闻［一］》最末一则）：作者的一位长辈亲戚有一个小园圃，中筑假山，假山中有洞，取名为“泄云”，洞前种菊花，山后养了数只鹤。为了应景，洞前配了用古人诗句集成的一副对联：“秋花不比春花落，尘梦哪如鹤梦长”。当然，这个所谓的山洞其实是士大夫的书斋，有一天，不知谁动了书斋中的笔墨，洞中满壁上忽然写满了字，反反复复都是在学写这副对联的十四个字，只是笔画错乱，不成字形。主人重新粉刷了墙壁，结果不久这种字迹又出现了，大家觉得是闹鬼了，于是，在一次听到洞中有磨墨之声以后，人们拿着刀冲了进去，这才发现——是一只老猴在学人写字，见人来，慌忙逃走了。

我至今还没想清楚，究竟为什么这个故事让我那么感动。其中让人品味的东西是太多了。也许，它的最动人之处，就是用寥寥几语先塑造了一个典型的士大夫生活的理想环境，然后又让我们突然通过一只老猴的眼光来重新审视它，思索它的意义，它在这个世界上的位置。老猴应该是在多次偷看过人们用笔书写的动作之后，才学会照样模仿的，问题是，它当然并不真正理解所模仿的行为。在这个造化之子的眼里，人的种种行为，包括磨墨、用笔写字,一定都与藤影随风摇动,或者猫儿跑过屋脊一样,是这个变幻世界中的一种随生随灭的幻影。换句话,人的生活、文化、书写、文字、诗,在人,则为重要的人事兴衰,在猿,则不过是一场"猿梦"而已。因此,最让人感慨的,是那副对联的诗意,与老猴学书这一行为之间的暗相呼应,而老猴在天真地学写这意味深长的诗句时,又恰恰丝毫不理解这诗中的禅意,就让人更觉惘然。

很显然,这类故事自有它久远的源头,如"蝴蝶梦"、"黄粱梦"等故事原型,以及所谓"一切有为法,如梦幻泡影,如露亦如电"的佛家思想。"蝴蝶梦"、"黄粱梦"其实一直是古代文学中的强大主题,类似的笔记故事可谓数不胜数,但是,纪晓岚在这种故事中加强了明清士大夫文化的因素, 使之变得更为雅致,更有韵味,于是,在他的笔下,这类故事重新变得清新了。另外,也许更重要的是, 他的这种笔记故事中总是带有一股鲜明的鬼气。《阅微草堂笔记》就是一本讲鬼故事的书,由于纪晓岚坚持"著书者之笔",反对"既述见闻"却"随意装点",所以他很强调记述听闻时保持原汁原味,这就使他的笔记保持了民间鬼故事和传说闲话的活力,因而内容丰富多彩,变化无穷,到了让人瞠目的程度。不过,纪晓岚在记述这些故事的时候,往往能够发现其中的老庄、佛禅甚至理学意味,并且稍加勾点,就使这种意味跃然而出，触眼鲜明。同时，他在讲述一些非常士大夫趣味的见闻(如上引的一则)时，又仍然能够给故事中注入一种鬼气的因素，保持鬼怪故事的诡异气氛，这就成了《阅微草堂笔记》最独特的地方。笔记故事写出老庄意味、佛禅思想，并不少见；笔记写鬼故事，写宿命观、因果报应，则更是这一体裁的一大特色。但是，《阅微草堂笔记》恰恰是把老庄、佛禅与鬼气结合在了一起，这实在是它最迷人的地方，也是它最成功的地方。比如“老猴学书”这一则，完全是明人小品式的风格，可谓淡雅之极，可是始终带有鬼怪故事的怪异气质，这，就叫人不能不迷恋了。

这几年，我喜欢上了“戏曲关目，随意装点”型的写作，又总是想着要读点正经的典籍，因此，一度怀疑自己对《阅微草堂笔记》的兴趣是少年的浅薄。然而，一旦拿起重读才发现，这本书中的许多东西，根本不是少年人所能领会的，当初，自己不过是看了个热闹罢了。另外，即使在最喜欢它的时候，我也一直被惶惑所困扰：这样松散的笔法，这样短小的篇幅，以及它看去与今天生活完全隔阂的内容，它所表达的那些古老的疑问和意蕴，对今天的写作还有意义吗？可是，在三岛由纪夫的《金阁寺》中，我恍然发现，日本作家竟然把爱伦·坡的心理小说与本民族的物语等传统形式结合得浑然一体，就不由得很受刺激。后来，有一天，我又忽然明白到，自己从小就喜欢的《呼兰河传》，正是巧妙地把古代笔记这一体裁加以改造、发展,从而产生了那样独特的一部长篇小说,这时,我才意识到,像《阅微草堂笔记》这一类的作品,其实意味着什么样的可能性。

洗澡水的色情想象

《九歌·云中君》一开头唱道：

浴兰汤兮沐芳，华彩衣兮若英。

灵连蜷兮既留，烂昭昭兮未央。

小时候读过一本《九歌新注》，对这四句唱词的解释着实让我印象深刻。书中认为“云中君”是虹神，象征着雨水和丰收。在大旱的年头，人们要向虹神祈雨，主演下神仪式的，是女巫。这四句就是描写女巫降神的过程：她先用香兰煮过的洗澡水沐浴身体，因此周身都散发着芳香；穿上华丽多彩的祭祀服装，就像花朵一样鲜艳。随后，神奇的仪式开始了，虹神之灵一下降到了她的身上，而且显然不急着离开，于是她就不能自已地进行着迷狂的舞蹈，把身体折成各种姿势（大概接近今天艺术体操女运动员的柔韧灵巧），看去恰恰就像彩虹的宛转曲弧一样。舞姿的奇瑰让她仿佛周身在发光，而且越来越热烈，渐渐趋向高潮。更有意思的是，这位注者认为，这四句词（连同整个作品）都同时拥有双重的含义，既是在描写女巫降神，也是在描写大自然一种天气现象的过程：一场大雨过后，彩虹横跨长空；由于雨水冲刷得草木都散发出清香，空气非常的新鲜好闻，倒好像是这长虹刚刚在雨水中洗浴过，也染上了万物的芳香，而那霓幻的色彩就像野花一样鲜艳。它静静在天空中划出一道长弧，久久不去，随着天空越来越晴朗，其光辉也越来越鲜明。也就是说，降神的仪式从准备阶段开始，就是在模拟着雨后彩虹现影这一天气现象的过程。

当然，关于"云中君"是什么样的神，这一作品究竟该怎样解释，楚辞专家们有多种看法。不过，首句"浴兰汤兮沐芳"一句讲的是洗澡，是洗澡水，这一点，是没有异议的。也因此，这一句歌词，就成了中国卫生史、风俗史上很重要的一条资料，让我们知道，古代高档洗澡水的形式，是兰汤。

从各种资料来看，兰汤的制作方法比较简单，就是在加热洗澡水的时候，把天然兰草投放到水中，煮。这在六朝小说《幽明录》中有比较明确的记载："庙方四丈，不作墉壁；道广五尺

半人半鸟兽形象的巫师举行祭祀仪式。“扬枹兮拊鼓，疏缓节兮安歌，陈竽瑟兮浩唱。”（湖北随县曾侯乙墓出土战国漆鸳鸯盒局部）

（《初学记》引作四尺），夹树兰香。斋者煮以沐浴，然后亲祭，所谓‘浴兰汤’”（鲁迅校录《古小说钩沉》引《艺文类聚》卷三十八，齐鲁书社 1997 年，页 143）。经过充分的熬煮，兰草中的香精都释放到水里，香喷喷的洗澡水也就出炉了。古代中国是一片气候温和、植物丰茂的土地，古人在本地资源中开发出来的香料，基本上就是各种香草，以及桂、柏、椒等木本植物的枝、叶、籽等。那时的加工手段也很有限，用兰草煮洗澡水，就是发明出来的方法之一。裸体，特别是女人裸体，沐浴在热气腾腾、芬芳氤氲的香水中，这情景总是拨撩人的，是让人要想入非非的，于是,兰汤就不可避免地早早进入了文学,进入了我们不朽的经典,就有了现今所知道的最早的洗澡水之歌——《云中君》。在歌中,女人的出浴,被比拟于彩虹在大雨过后现影长空,这一个比喻的传世,使得后人在吟咏中一次次地得以重新拥有先民看待性、身体以及大自然的明亮眼光,在一瞬间看到人和万物一样,都还年轻和清新的人类社会之初的世界。

古老的兰汤,大约在西汉中期以后受到了冲击。随着汉代通西域,丝绸之路开通,各种异国出产的香料渐渐被引入中国。这些往往是产于热带的香料,其香气之浓郁、持久,是兰草等温带植物完全不能比的。于是,西域香料迅速地成为了贵族社会的时髦。不过,突然面对外来的新事物,古人一时还没有掌握其特性,不知道如何更好地使用它,自然而然地,就沿用了使用传统香料的各种办法。其中一项就是,用珍贵的外来香料煮洗澡水,至少,在汉晋人的想象中,外来香料是被派上了这样的用场。

汉末、魏晋时期,往往被今人形容为一个人性觉醒、思想解放的时代。事实上,在精英阶层中,这时确实是发生了“私人化写作”的热潮。小说、志怪、杂史等等,一时蓬蓬勃勃,各种低级的、颓废的题材,大量占据了当时的文学写作。异国名香这一来历神秘、作用暧昧的新奇现象,对于此际无比活跃的文学想象力来说，自然格外地富有刺激效应。这些最初数量并不多的舶来品真的被贵族们拿来洗了澡吗？对此，后人很难肯定。也许真有这样的事；也许，兰汤浴身这一古老习俗的存在，使那时的人顺理成章地认为，好香料就应该用于洗澡。总之，在这一时期的文学写作中，异国香料被屡屡地用于制作高级洗澡水，这一真实或虚拟的洗浴方式，着实刺激出了若干大胆的色情故事，由之诞生了一批不朽的色情文学经典。

比如晋人王嘉《拾遗记》中关于汉灵帝“裸游馆”的整段文字，就把淫乱描绘得像老式好莱坞彩色歌舞片一样浮艳、轻悦。

明代仇英所作《四季侍女图》中的裸浴场面(日本大和文华馆藏)。

说“初平三年”的时候汉灵帝在“西园”，也就是上林苑里，(时间、地点、人物都十分精确，真是说得有鼻子有眼。实际上，“初平”是献帝的年号，汉灵帝没有用过。)建了一座“裸游馆”，规模很大，光馆阁就有一千来间，为的就是在这里进行各种色情活动。其中一项是，让年轻美丽的宫女们“共裸浴”，“西域所献茵墀香，煮以为汤，宫人以之浴浣毕，使以余汁入渠，号‘流香渠’”。异国进贡的奇异香料，煮成芳香的洗澡水，让宫女们来集体洗澡。更精彩的是，用过的洗澡水，带着残香和女人身体的气息，被倾倒在裸游馆内的曲渠里，形成了“流香渠”。一个皇帝喜欢在流满女人的剩洗澡水的宫苑中混日子，可真够颓废。读到这里，再回味一路发展过来的情节，这个故事的独特气质兀地鲜明起来。文中竟然没有“妖精打架”，色情活动都被赋予了很浪漫化的、艺术化的乃至神仙化的形式，小说中的这位汉灵帝，他唯一的角色是“看”，而不是“做”；他所看的，则是他乐意看的，是他自己人为制造出来的关于女性的一种色情幻景。读者在这里撞到了一位地道的颓废艺术家，他设计出一种色情化的生存方式，或者说把色情化成一种生存方式，自己来欣赏，混迹其中，以假为真，自娱自乐。也许有人期待着这些色情幻景会一路进展到具体的身体交锋，然而没有，在小说中，到了本该上演三级片的地方，笔锋急转，女人的身体忽然像泡影一样地消失了，代之以她的剩洗澡水，一个关于她的肉体的非常切近的暗示，一个带着香气和体温的意象，萦绕在"引渠水以绕砌，周流澄澈"的馆阁之间，波光脉脉，流动徜徉。堕落，携带着它不可能摆脱的污秽品质，竟然飞升为异常深刻和高远的文学意境，具有了说不清道不尽的蕴义，让人品味不绝。关于这个故事可以讲的非常之多，在文学入门课上，完全可以把这一段文字，与一部三级片，或者与那些不知道床垫之外还有大千世界存在的所谓现代小说、艺术电影进行对比，让年轻人明白何为诗心，何为平庸。但是闲话少叙，这里要说的是，用外国进口奇香煮的洗澡水"香汤"，实际上是这整个色情幻景的压秤砝码。如果没有香汤的剩水流注馆渠这样一个情节设置，这里就真的只是一个普通的性幻想故事而已。后世人当然很难确定，一项特定的、偶然的风俗——把洗澡水煮香——当初在多大程度上刺激了文学家们的想象力，但是，对这一风俗的援引，确实帮助文学家完成了一次非常高妙的艺术创造，让他们的才华像夜空中的烟花一样闪亮。

大致同样的情节，也被安置在了时代更晚的石虎身上。石虎不仅是昏君，更是暴君，是个性格非常复杂的人物，关于他的色情行为的传说，也带有符合其特色的斑斓、壮观和荒谬。《十六国春秋》中详细记述了石虎的"四时浴室"，这所"浴室"是露天的，浴池全部用彩色石头砌池堤，池中安有活门，夏天可以从外面的水渠直接引进清凉的渠水；到了寒冬时节，则把无数个铜铸屈龙烧得通红，扔到水中，于是，池水就被这些铜龙烫热了。浴池周围用锦步障遮蔽起来，在障子里，石虎与他喜欢的妃嫔宫女们一起采取天体状态，一边洗澡，一边饮酒作乐，能玩个通宵，因此这里又叫“清嬉浴室”。当然，这种五星级的豪华澡堂里，洗澡水也不会平凡，是“香汤”，是把“百杂香”盛在纱或葛制的囊袋中，扔到池底，让囊中的香粉浸香一池子澡汤。据说，石虎和他的妃嫔们一起洗过澡之后，剩水被排出宫外，仍然带着热气和香气，以至于那排泻剩洗澡水的宫渠得名“温香渠”。可以想象，在寒冷的冬天，甚至可能是大雪过后，那种亮晶晶的北国冬日，宫墙内遥遥可见巍峨的、镂金错彩的殿阁群影，宫墙下，一条流渠静静淌泻着微带温气、香味依约的水流，渠边，骑马挎刀的胡族壮士，连同他们的女人，三三两两，好奇地观察这溶溶的水波——这是什么样的境界。不管这一段描写是建立在历史事实之上的艺术加工（这是非常可能的），抑或纯粹出于文学家头脑中痴狂的下流幻想，把一种色情活动、一种低级趣味给敷陈得如此气派雄阔，回声寥远，就让人不能不向该作者打立正致敬。

把这段记述与汉灵帝“裸游馆”相比较，可以发现有诸多不同之处。比如，汉灵帝的宫女们的集体裸浴似乎是在室内进行的，只是事后把剩水倒在宫苑中的流渠里；在石虎这里，却是无论冬夏，该活动都在露天举办（游牧民族真是体格好），而且剩水被直接排出宫外。更实质性的区别在于，裸游馆里，只是宫女们来裸浴，汉灵帝负责观看和欣赏。但在清嬉浴室，是石虎和女人们一起洗，高高兴兴地，可以说是过度恣纵地，享受人生。其实，这种露天洗浴、男女混浴的做法，可能来源于游牧民族的淳朴风俗，原本并不带有淫秽的性质，当然是被石虎给念成了歪经。显然地，石虎感兴趣的是实现欲望的过程本身，不像汉灵帝，面对“存在”、“现实”、“时间”、“女人”这些现象，总是投注以一种困惑的、迷离的目光。

还有一点小细节，似乎不重要，但却有趣，就是用纱囊盛百杂香这样一个描写。随着异域香料的源源而来，对于这些香料的特性，古人的认识逐步加深，相关的新理念、新实践也就成长起来。在南北朝早期，“和香”法已经非常流行，就是把从西域和南方来的各种香料重新进行调配，制造出新的香品。“百杂香”的概念，显然是在这一背景之下产生的，反映出当时的观念中，单纯的异国名香已经不是最高级的香料，要把东西南北来的各种神奇香料调配到一起，才算真正的奢侈。那时的人也意识到，外来香料的效能要远远超过本土香草，所以，在关于“四时浴室”的故事中，香汤的制造，已经不经过“煮”这一步骤，而是把香囊投到水里，潜台词是，囊中的香粉足可以把池水快速浸香。

从这个角度来说，今日所见的《赵飞燕外传》(《四库全书》，《说郛》卷一一一)虽然署名汉人作品，但是明显经过了后人的充分加工，应该是定型于比较晚的时代，因为文中所提到的种种香名、香料使用方法，以及其中所反映的关于香料的观念，都像是中唐以后的事。有趣的是，整个故事中弥漫着一种对奇异香料的迷恋之情。其创作者明显是借助小说而进行了某些道家理论的一次纸上实践，也许，从外来香料如何融入本土的道家文化传统的角度，这一作品也是一个很值得研究的对象。这些旁话不提，仅仅从文学的标准来看，《赵飞燕外传》实乃堕落文学的巅峰之作，几乎是字字珠玑，无一处不让人叫绝。在作品中缤纷沓来、绮丽生辉的色情、艳情和人情描写中，关于女人身体的沐浴，就像一个缭绕不断的旋律，反复地突兀出现，让人觉得故事讲述者一定对这件事着了魔。用香料来洗浴、香身，不仅仅被融入了道家的理论体系之中；这样一个美容方式，还被敷衍成了具体的情节，化作赵飞燕、赵合德姐妹间争宠的一环，显示出二人在对付和引诱男人方面的智略之高下。

小说中先是隆重地描写了一回两姐妹的洗澡方式，“后(即赵飞燕)浴五蕴七香汤，踞通香沉水坐(座)，潦降神百蕴香”，而

赵飞燕(明·佚名《千秋绝艳图》)

赵合德“浴荳蔻汤,傅露华百英粉”。在小说快结束的时候,洗浴的情节再次出现,某个夜晚,赵合德在汉成帝专为她修的“浴兰室”中洗澡,沐浴着那荳蔻香汤。因为早就练得了一身道术功夫,此时的她竟然浑身发光,其辉芒都盖过了灯烛的光亮。这个场景被汉成帝看到了,此处的描写非常生动、细致:“帝从帏中窃望之”。这位皇帝从浴室四垂的帷幕的缝隙里,偷偷看自己的女人洗澡时的裸体。他的举动遭到宫女告发,赵合德的反应,表明她是一个真正懂得如何吸引男人的女人,属于时尚女性杂志所肯定的女人类型——她急忙抓过浴巾遮盖住裸体,又让下人把烛火扑灭,消失在一片黑暗之中。接下来,最了不起的文学情节出现了:汉成帝为了再次看到赵合德在洗浴中诱人的身体,悄悄拿黄金贿赂她的宫女,和宫女约好,他再去看洗澡时,不要告发他。没想到,有些宫女没打点到,不知道有这么个约定,在服侍赵合德洗澡的过程中难免有事走出帷幕,发现了汉成帝,立刻折身去报告给了那狡猾的女人。要说这赵合德真是有本领,她反应非常快,瞬间就做出了一个让人喝彩的对策——“遽隐辟”,急急忙忙地、似乎很慌乱地在浴室中藏身起来,像一头受惊的小鹿;上演的情节与头一次大致相同,可是还有剧情设计的变化,又刺激,又显得她天真无助。

汉成帝再次受挫。这样下去可不行——他开始想主意了,

赵合德(《明刻历代百美图》)

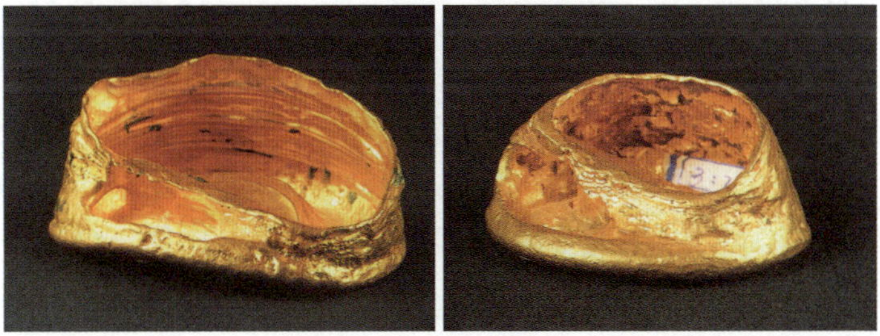

西汉马蹄金。沈括认为，汉成帝袖子里装的就是这东西。

想来想去，想出了一招：以后每次偷看赵合德洗澡的时候，他都在袖子里带好多黄金，一旦有从帷幕中走出来办差的宫女，他就赶紧拉住；趁这宫女还来不及通风报信之前，先拿出黄金来赐给她，封住她的嘴。经过这么个措施，按说，他可以安静地、尽情地看自己女人洗澡了。可是，宫女们都贪图皇上的金子，所以就找借口故意地进进出出，害得皇帝整个晚上光忙着一次次拿出黄金来讨好自己的奴婢，结果，他每偷窥一次的代价，是国库一夜间就有“百十金”不翼而飞。

唐代诗人韩偓有一首诗《咏浴》（《全唐诗》卷六八三），专咏这一情节：

再整鱼犀拢翠簪，解衣先觉冷森森。

教移兰烛频羞影，自试香汤更怕深。

初似洗花难抑按，终忧沃雪不胜任。
岂知侍女帘帷外，剩取君王几饼金。

宋人沈括《梦溪笔谈》卷二十一“寿州八公山侧”条有云：“《赵飞燕外传》：‘帝窥赵昭仪浴，多袖金饼以赐侍儿私婢。’”两人都提到了一个细节，是今日所存版本中脱漏掉的：汉成帝袖中之金，是金饼。时代不同的两个作家谈到同样的细节，而且都谈得满怀兴致，说明这个故事在唐宋士大夫当中曾经广为流传，一度是很著名的作品。沈括认为，汉成帝揣在袖子里的金饼，大致就是汉代著名的马蹄金，一枚的分量是“古之一斤”。包括马蹄金在内的汉代金饼，在当代考古中不乏出土，那实物一看就知非常贵重。因此，汉成帝用来哄宫女的贿赂，可不是随便打发人的什么铜钱、碎银子，是最实在的足金。打个不恰当的比方，这就好比他每次去偷窥，都在袖子里揣上一叠事先填好了几千、上万块钱金额的支票。一个国家要是真的摊上这么样一位皇帝，那可真是要命啊。

中国的史书和小说中，有一系列暴君和昏君的形象，个个精彩，《赵飞燕外传》的汉成帝正是其中很生辉的一个。这个人物是否符合历史真实，已经变得毫不重要。“昏君”和“懦主”在这里得到了最夸张的演绎。换上石虎，杀两个宫女，或者把妃子

明清佚名画家的《窥浴图》，最好地表现了汉成帝隔帏偷窥的场景。

清·康涛《华清出浴图》。

鞭笞一顿，就一切都摆平了，他接下来可以想怎么看就怎么看。他甚至可以像韩复榘家的老爷子那样，想出一个节目，命令他掌控中的女人们来表演——其实就是汉灵帝的做法。但是，本处呈现的恰恰是“昏君”与“暴君”的区别。甚至，同样是昏君，汉灵帝与汉成帝也被塑造得如此不同。裸游馆中的汉灵帝其实相当主动，他是一个创造者，他创造出一种生活，来缓解自己适应现实、与现实相沟通时的吃力感。浴兰室中的汉成帝，则是一个彻底的被动者，他想看属于他的女人洗澡，都没法看个痛快。

没有比这更恣肆大胆、更奔放自由的文学创造了。历史资源的宝藏在这里闪闪发光。古人拥有不受拘束的想象力，以及穿透一切的洞悟力，但是不爱或者说不会进行复杂深入的分析。小说中的汉成帝、汉灵帝，被无比生动地呈现出来，但是古人至此而兴尽，这等形象中所蕴涵的无限的可能性，千百年来一直被闲置着。我们可以想象，仅凭浴兰室中的情节就完全能够演绎出一台现代话剧，舞台上的布景很简单，就是挂在浴室前的一道帷幕。汉成帝上场了，袖子里盛满了沉甸甸的金饼，准备在今天晚上再次偷看心爱的女人洗澡。独自站在浴帷前，他慢慢道出了内心的独白，我们作为观众，开始穿过他荒谬的外表，进入一颗复杂的心灵。这究竟是个什么人？他真的懦弱吗？还是无比的苦闷？是什么样的历史和政治情境，什么样的人生经历，让一个壮年皇帝宁愿在与女人捉迷藏式的性游戏中，在被宫女反复欺骗的胡闹中打发时光？他真觉得这样有趣吗？还是因为其他的一切都更无趣？站在浴帷前的，究竟是个智者还是白痴，抑或二者都是？与此同时，帷幕之后，那女人的把戏开始了，宫女们在帷幕内外进进出出，自然还应该有个扮丑角的太监，时时跑上台来给皇帝那屡屡掏空的袖子倒满黄金。一切都是现成的，古人早就为我们把所有的因素都设置好了。

话说回到香汤，在洗澡水中加香料的方式，大约入唐以后就渐渐不时兴。当然，在中医那里，在民间，始终有用各种植物香料煮汤浴身的做法，但主要是起"药浴"的保健、治病作用。上层阶级日常洗澡的时候，都不再预备带香味的洗澡水。随着中国人对外来新型香料越来越熟悉，一整套加工、利用进口香料的丰富方法发展起来，相比之下，把香料放到洗澡水中，所起到的香身效果可能并不那么理想，也不太实惠。《赵飞燕外传》中有很认真的一笔，说赵飞燕"浴五蕴七香汤，踞通香沉水坐(座)，潦(有的版本作'燎')降神百蕴香"，赵合德是"浴荳蔻汤，傅露华百英粉"，汉成帝两相比较的结论却是：赵飞燕虽然身上通过洗浴而有了"异香"，但是，比不上合德"体自香也"。赵合德并不是身体天生有香味，让汉成帝误会的原因，在于合德浑身擦香粉。这个情节，其实意在说明运用香粉的妙处。赵飞燕香身主要靠香汤，所以其汤是“五蕴七香”，运用了多种珍贵香料；而赵合德没有在洗澡水上花太多力气，但是善于利用香粉这一武器。香粉也是很古老的美容用品，在外国香料普遍引进之后，其制作一样是要添加多种进口香料。因此，这里是通过汉成帝之口宣布，在香身美容的效果上，香粉要远胜过香汤。赵飞燕在这一项争宠上败给了赵合德，实际象征着香汤在与香粉竞争中的失败。非常神奇的，这部作品在洗澡水的香气之中，把对香汤浴身的女人的窥视推向了极端狂想；然而，也正是它，无情地宣告了香汤必遭淘汰的命运。

这一非常古老的卫生和美容习俗在无人注意之中悄悄式微。带香味的洗澡水——香汤在实际生活中的退位，直接造成了其在文学中匿迹销声。唐宋以来的文学固然还常提到香汤、兰汤，但这两个词实际已经成为一般的热洗澡水的美称。一个明显的例子是，从盛唐以来，有关洗澡的最广为流传的典故，唐明皇赐浴华清池、杨贵妃温泉洗凝脂这一路人皆知的著名故事中，那温泉池水是没有香气的。历代文人反复涉猎这一题材，但是，好像很少有人想到，妃子汤、莲花汤应该像“清嬉浴室”那样，下点香料什么的。艺术来源于生活，这一简单的道理，在这里得到了又一次的印证。也许就是因为洗澡水没有了香味的刺激，在宋代以后的文学中，围绕着洗澡的色情想象，似乎再没有爆发出香汤所曾经唤起的那种激情。《长生殿》的“窥浴”虽然又俏皮又旖旎，黄得不像话，可是绝没有前代作品的那种境界和力度。至于《金瓶梅》中的“兰汤午战”，则与文学无关。

像一切有关女性的色情想象一样，香汤，也不可避免地会有一个反讽式的男性版。比较早的例子如《晋书·后妃传》中言之凿凿，晋惠帝的贾皇后淫乱不堪，有个容貌漂亮的捕盗小吏，走在大街上，忽然就被人骗上了一辆车，装在柳条箱里，运进了深宫。在宫中，小伙子“即以香汤见浴，好衣美食将入”，在不知情中稀里糊涂地和贾皇后混了好几天，最后得了些礼物，被打发出宫来。在围绕香汤的想象中，角色的分派本是固定的，比如赐浴的是男性，而入浴的是女性；女性的洗浴，目的是为了满足男性的感官享受。但是，到了男性版中，发生了“性别倒错”，于是一切都有了完全不同的意蕴，而且必然地带有闹剧色彩。不过这是另外一个话题了。

韩嫣金弹与掷果潘安

一

中国男人里头所出的最著名的“女人甜心”，恐怕要算是“掷果潘安”了：“（潘）岳美姿仪……少时常挟弹出洛阳道，妇人遇之者，皆连手萦绕，投之以果，遂满车而归”（《晋书》）。可爱的美少年夹着弹弓到城外游玩，竟然遭到女人们疯狂的追逐、拦截，她们手拉手把他围起来，用水果往他身上扔。滑稽的是，正像有“东施效颦”一样，男人中间也有不知好歹、自不量力的：“时张载甚丑，每行，小儿以瓦石掷之，委顿而反。”《世说新语》则说这个丑男是左思：“左太冲绝丑，亦复效岳游遨，于是群妪齐共乱唾之，委顿而返。”张载是被小孩子扔石头乱砸，左思则更惨，挨女人们一顿臭啐。

男人们出外游玩,女人看见漂亮的就上去扔果子,看见丑的就猛啐唾沫,我总怀疑这条记载透露了某些古代特殊风俗的信息。按照“世说”的说法,左思的错误似乎不在于他敢出门——丑男人也不能不见天日呀——而在于他“效”潘安出游的方式。而潘安又是怎样出游的呢?是“挟弹”,手臂里携夹着弹弓。原来他是一位“挟弹的少年”。

如果去晋唐的文学世界里转悠,常常就会与挟着弹弓的少年劈面相遇,“掷果潘安”不过是这无数惊喜相逢中的一次而已。在挟弹而来的少年们的不绝行列中,他不是打头的第一人,甚至,虽然创造了这么美丽浪漫的典故留给后人,他也算不上这个行列中最抢眼、最有风头的。在文学世界中,率领着这个雄壮队伍首先登场的,是韩嫣,而这一代表性的出场真是灿烂夺目,光照古今:“韩嫣好弹,常以金为丸,所失者日有十余。长安为之语曰:‘苦饥寒,逐金丸。’京师儿童,每闻嫣出弹,辄随之,望丸之所落,辄拾焉”(《西京杂记》)。用弹弓打个鸟,竟然动用黄金来铸弹丸。一位华服宝马的美少年就这样一路打着金弹子轻驰在雄伟的西汉帝都的郊外,身后追逐、喧哗着成群衣衫褴褛的贫家顽童。

让人对这个故事更感迷惑的因素,是此处没直接说出来的背景,韩嫣是个“男人甜心”,而那个男人不是随便什么人,是青春期的汉武帝。不过，从韩嫣“出入永巷不禁，以奸闻皇太后”（《史记》）的事迹来看，这美少年显然也一样是女人的甜心。进宫本来是为了陪皇上，他却乘机与宫女混不清楚，不但冒犯天威，而且情感不忠，可汉武帝还是要在皇太后面前为韩嫣求情而“终不能得”，倒好像是那少年皇帝更为这一段情所困，可见甜心的魅力之大。借用港台影评人士前些年爱用的、从西方趸来的一个概念，这韩嫣真有点“魔鬼天使”的味道。在韩嫣的悲剧里，当今时兴的同类题材中所要求的一切热门因素是应有尽有（甚至不缺一个高傲而嫉妒的兄弟！并且这位兄弟还是个“王子”，是个赫克托式的人物），真不知道在此等故事特别受宠的今天，韩嫣的人生沉浮怎么还没有引起注意，所以，我觉得同志们在历史视野方面还应该进一步拓广。

话扯远了，用一句北京话，这是“说到二屋里去了”。还是回到美少年“好弹”这件事吧。韩嫣虽然为男性帝王所钟情，用习惯的说法，是个“佞幸”，但他并不卑微，也不是“怯怯羞羞有女儿之风”（《红楼梦》形容秦钟）。他出身高贵，是侯门之子，而且与汉武帝是打小一起念书的同学（也不知道他俩上的是什么学，是不是“茗烟闹学”的那种），从那时候起就有感情。更重要的是，韩嫣“善骑射”（《史记》），汉武帝 16 岁做了皇帝之后，立志要打匈奴，“而嫣先习胡兵，以故益尊贵，官至上大夫，赏赐拟于邓通”。因此,他是一位精于武艺和军事的英武少年,吸引汉武帝的,也正是这种英武气质——司马迁说韩嫣“善佞”,但是,他“佞”的方法与邓通不同,是发现皇帝想打匈奴,就“先习胡兵”。第一次在文学、在历史中登场亮相,挟弹的少年就与武力、与尚武精神、与男性气概相联系在一起。

二

据楚国“善射者”陈音的理论,“弩生于弓,弓生于弹”(《吴越春秋》“勾践阴谋外传”),弹弓是弓箭的前身。古歌“断竹续竹,飞土逐肉”,就是在唱:把竹子砍下来做成弹弓,发出土丸去打鸟兽。正是在弹弓的基础上,人类发明了更锋利、更有杀伤性的弓箭。

陈音的专业知识,来自于从先人那里代代相传下来、夹杂着传说和神话的历史记忆。根据这样的记忆,是神农氏的时代发明了弓箭,如此推算起来,弹弓的身世就要前溯到非常久远的时代,当然是远远早于有文字的历史。进入文字的历史以后,弓和弩早就成了人类暴力活动中最合手的武器,弹弓遭到冷落和忽视,似乎并不是什么让人意外的事情。这好像可以解释,为什么在非常长的一段时期里,弹弓很少进入人们,包括文学家、历史学家的视野。有线索表明，在人的现实生活中，弹弓从来就不曾绝迹，比如它在《左传》中就有一次非常著名的出场："晋灵公不君，厚敛以雕墙，从台上弹人而观其辟丸也"（"宣公二年"）。可弹弓的这一次现身，所承载的信息完全是负面的。身为国君而喜欢用弹弓来打自己的臣民，实在是暴君昏主的典型形象。这里显然存在着一种暗示：打弹弓是顽童的游戏，成年人还玩儿童的淘气游戏，就是不负责任的表现。甚至，我们不免要怀疑晋灵公这种人是不是心智有问题，达不到成年人的正常标准。

"韩嫣金弹"的记载，也一样证明着弹弓在历史中的始终存在。这个故事所呈现的豪奢气势，固然让我们简直难以相信它的真实性，另外，关于《西京杂记》的成书年代，历来说法纷纭。有一种观点是，书中的各条资料原本来源于汉代的野史杂记，由魏晋人（最可能是葛洪）抄录而成。这一观点应该是可信的，因为，有种种考古发现十分确凿地证明，《西京杂记》中关于汉代的风俗、器物等等的记述，往往是惊人地准确。所以，我们实在没有任何道理可以轻易否定"韩嫣金弹"的真实性；即使它只是一个传说，那么这传说最初乃是产生于汉代，这一点，也不可以轻易怀疑。有意思的是，晋灵公不君—陈音论射—韩嫣金弹，正好贯穿了春秋、战国与汉代这绵长的历史时期，从三段记载

挟弹弓的唐代青年的背影。（骑马者，唐·佚名《游骑图》局部）

中人们提到打弹子时的自然语气来看，这项技艺在其中任何一个时代都不为人所陌生，这正表明了弹弓在现实生活中的持续存在，只不过，这是一种非常卑微的存在。

但是，恰恰是从“韩嫣金弹”起，弹弓的身份与意蕴开始获得翻身。弹弓，随着发射金弹的美少年韩嫣一起，终于从历史的混沌中一跃而出，摇身摆脱了卑微，而与一类高贵、华美、强悍的形象相伴。要注意的是，虽然如前所述，这个传说很可能是早早产生在汉代，但是，似乎是到了魏晋以后，“韩嫣金弹”才真正开始引起注意。以司马迁的善于捕捉细节，在《史记》记述韩嫣的本事时，却没有涉及它，班固作《汉书》时也不采。也许，“韩嫣金弹”的传说在司马迁、班固的时代根本就不存在，完全是后人的附会；更可能的是，虽然存在，却不入史学家、文学家这些时代之代言人的法眼，在他们看来，这个故事没什么意义。总之，我们今天之能够知道“韩嫣金弹”，完全是因为《西京杂记》在晋代以后的出现和流传。

“掷果潘安”的事迹或者传说的诞生，与“韩嫣金弹”忽然开始吸引人眼球，基本发生在同一个历史时期，这样的一个现象，并不偶然。因为，正是在魏晋南北朝的文学中，尚武崇义的青年们纷纷地携夹着弹弓出场。我们这里所谈的这一双光辉的传说，可以说正式标志着一个文学“原型”的诞生。说“挟弹的少年”作为一种文学人物类型、一种文学母题，是成形于魏晋南北朝时期，还有一个例子可以为证。我们都熟悉汉代著名的《陌上桑》一诗，诗的最后部分是罗敷夸耀自己丈夫的言辞，“东方千余骑，夫婿居上头”云云，如同一个标本一般，展示出汉代人心目中理想的英武男性。魏晋南北朝的诗人很喜欢重写前代题材,“罗敷”便是他们反复翻写的诗材之一。有趣的是,到了南朝梁王褒仿写的《日出东南隅》中,女主人公在夸耀“夫婿好形模”时,末尾忽然来了两句:“少年任侠轻年月,珠丸出弹逐难追。”似乎诗人认为,要赋予一个青年以理想的英武形象,要让这人物塑造显得有说服力,给他手里塞上一张弹弓,就是绝对必要的。这个例子最清楚地表明,弹弓成了塑造一类理想青年形象的高贵、华美、强悍气质的一个重要成分,甚至就是这一人物类型的一个明确标记。而这种描写,在汉代的《陌上桑》中是没有的。不仅如此,在像《羽林郎》等描写青年军人的汉代诗篇里,也不见有谁提打弹子的事。

三

弹弓怎么就能够这样咸鱼翻身,这样神气活现地重新在思想观念的世界中占据一席之地,成为塑造一类神气活现的人物类型的必要因素,要把这个现象讨论清楚,那是一本大书的内容。“挟弹少年”之产生,有着非常复杂的文化、历史和社会因素在其中交互起作用,绝不是三言两语就能够说清的。但有一点很清楚的是,打弹弓的技艺,在魏晋以后的很长一段时间里得到了空前绝后的重视。

这一现象可以从文献中找出很多痕迹。

其中，以唐代留下的资料比较多。比如，《太平广记》“报应”中记载唐初一位叫李知礼的人，“少矫捷，善弓射，能骑乘，兼攻放弹，所杀甚多”。而在《太平广记》“绝艺”一项里，竟然列了两条都是有关打弹弓的，“僧灵鉴”一条讲述唐德宗贞元末年的一个善放弹子的和尚，打树节能够“百发百中，皆节陷而丸碎焉”，不但能击中树疤，而且能在树疤上打出坑来；另一条讲述军人张芬，不仅“曲艺过人”，而且是个惊人的大力士，他的一项本事，就是“弹弓力五斗”，使用的弹弓力道非常之大，而且还“每涂墙方丈，弹成天下太平字，字体端妍”。“攻放弹”几乎可以与“善弓射”、“能骑乘”并列，成为引人注目的一项本事，一个人会因为擅长使用弹弓而获得声名，这些线索，都反映出那个时代对于打弹子这一门技艺非常重视。

有意思的是，“僧灵鉴”一条里一本正经地记录了这位和尚制弹丸的独家配方，而“张芬”一条也讲到了做弹弓的特殊方法，都说明打弹子的一套工具造价低廉，弓和泥丸都可以自制。另外，它杀伤力不大，但足以用来打鸟和小动物，推测起来，打弹弓可以作为射术的一种辅助练习，在多方面锻炼人准确击中目标的能力，从某种程度上，它有身为弓箭的“替补”的意味。在一个重视骑射，重视年轻人作战能力的时代，打弹子与正经武艺一起，大大地吃了香。毕竟，从汉末以后，中原地区就进入了长期的战乱动荡之中，社会需要大批的年轻人永远在生理和心理两方面都处于备战状态，随时拿起武器都可以精准地打击敌人。因此，青年人日常弹弓不离手，等于是处于一种准军事训练的状态中，这既是防止军人们“手艺”生疏的有效方法，也带有一定的象征意味。打弹弓，在当时并不是顽童的游戏，恰恰是年轻人时时要操练的一门技艺，也为青年们普遍精熟。那时发弹的弹弓也与我们幼时看到的不同，其形式与放箭的弓非常相像。

南朝诗人徐悱的《白马篇》，一定程度地揭示了“挟弹少年”与时代形势，与国家和战争的关系。诗中主人公正是一个“弹把隋珠丸”的“上郡”少年，平日的生活内容，就是一身惹眼打扮，骑着宝马四处逛荡，但是，一旦“闻有边烽急”，却慨然从军，“捐躯良不难”，根本不知道怕死。这大概正是当时社会上一类勇武少年的写照，也是人们对青年人的一种期许。以“挟弹”为象征姿态的这些预备战士，平常尽可以游手好闲，专干出格的事，非常之可恶，“猪狗嫌”，只要到了战争危急的关键时刻，真能顶事就行。这就难怪全社会看待他们的眼光不仅充满宽容，而且简直就是饱含着爱意。

四

但是，文学世界中的“挟弹少年”现象，并不只是对现实中尚武风气的机械反映，而是一种非常完整的文学创造。韩嫣、潘安的故事体现了相同的一个模式：弹弓与少年，与风流少年，特别是与风流少年的出游联系在了一起，此后一切“挟弹少年”的故事，无不以这一基本模式为出发点。最奇特的是，在这一模式中，一再强调男青年的容貌、风度之美。现实中，玩弹弓的年轻人当然是什么样的都有，左思那样的丑男想必少不了。但是，在文学中，手拿弹弓的，必定都是美少年；光是青春貌美还不够，还要同时满足另外两个条件：既富且贵。这显然不符合现实。

实际上，“韩嫣金弹”这则记载，已经为后世一切挟弹少年形象定下了调子：富贵优裕的出身，青春美好的容貌和风度，旁若无人的骄纵性情，轻松自由的人生姿态；心目中根本没有“社会成规”的概念，行为必定是无法无天，荒唐鲁莽，却不失纯真坦率；对他来说，生命本身既没有任何负担，也没有任何禁忌可言，如果没有战争的话，那么人生内容基本上只有两项，就是无休无止的享乐和冒险，而冒险，则是以违法乱纪为主，是蔑视和挑衅国法、社会成规以及正常的社会秩序——从某种程度上说，这才是真正的享乐，是赋予人生以分量的那枚砝码。这样的

元·赵雍《挟弹游骑图》局部

少年，在当时的社会上想必确实是有的，但理想的外貌、地位、人格都完美地统一到一个人身上的情况，恐怕也不会很多。当文学热情地、一而再再而三地展示这样一种完美的形象的时候，应该说，是反映了一种观念，反映了一个时代对于男性人生，对于青春，对于生命的一种理想。也许正因为如此，当潘安以自己的青春和漂亮，让这理想似乎真的化作了现实的时候，才会引起那么大的轰动。而左思的问题，可能是他上述条件样样都不具备，可偏去瞎凑热闹，这就亵渎了公众的集体梦想，是很严重的冒犯，难怪大大地激怒了异性。

有意思的是，在“韩嫣金弹”的故事叙述当中，对于当事人韩嫣的态度很是暧昧，韩嫣的形象，仍然带有鲜明的负面色彩。这一事实几乎有一种象征性，象征着弹弓从“晋灵公不君”中的反面角色向正面转化的过渡，或者说，青年玩弹弓打弹子这件事，在人们心目中由负转正的过渡。故事的谴责之意，当然是通过其主要情节——金弹丸来表达的。毕竟，这美少年的非常身份，他获得尊贵地位的方式，实在有悖正统，按道理，他只配做个反面教材。因此，说他仗着汉武帝的宠，不干好事，恣意挥霍民脂民膏（他不是“赏赐拟于邓通”吗？可见他金弹的消费，实际是由国库买单的！——故事这么暗示着），这当然就有在道德上一棍子打死的作用。但是，这个故事的意象组织是如此美妙，被用如此轻悦的语气讲述出来，打金弹这个情节是如此的气派不凡，如此的浪漫不羁，让听故事者的价值判断不由得就产生了动摇。这就是文学的妙处，其感染力往往是声东击西的，连创作者自己也不能控制，不清楚自己究竟想讲些什么和真正讲了些什么。读者在这个故事中强烈感受的，实际倒是生命的欢快，青春的幸运，甚至可以说，是作为人的幸运感。如果韩嫣的真人确实像在故事中这样“有型”，那也就难怪汉武帝要对他一往情深。想一想此时此际的汉武帝也是个矫健少年，雄心勃勃，生命力旺盛，这二位倒是完全可以像意大利人那样高唱：“我们是最美的一对……”

到了“掷果潘安”的故事里，负面的阴影已经完全地被剔除了，在这里洋溢的只有青春的幸福感。一个年轻人，就因为漂亮，有身份，生气勃勃，合乎人们所想象的男性标准形象，就受到异性的热烈追捧，成了全社会的宠儿。对于我们来说，这是一个非常让人吃惊的发现。在传统文化中，青春似乎总是备受压抑的，因此，文学中一提到青春，就总是充满受尽压抑的哀恨之感，是诉不尽的一腔曲折幽怨，典型如《牡丹亭》中的“游园”，《红楼梦》中的“葬花”。但挟弹少年们的青春却与这种状态截然不同。应该说，闪烁在他们的故事中的，有一种看待生命的根本态度，为我们完全陌生。我们所熟悉的预想人生的方式，总是认为生命天然地与不幸感相联系在一起，活着就必然不幸。由此养成的习惯作风就是，坚决地认为自己不幸，并且，越渲染自己不幸，就越觉得自己有趣（典型的就是《西厢记》张生自道“小子多愁多病身”），对于个体生命的感受，就是无限的自艾自怜。这种态度几乎已经成了我们的气质的一部分。但是，挟弹的韩、潘二少年，却透露出一个奇异的信息：历史上的中国人对生命曾经有过别样的眼光。中国人曾经相信，人是可以幸运的，幸福的人生是可能的；一种美好的生命状态，完全有可能出现，即使其存在只是暂时的，是需要充分条件的。

作为文学史上一系列“挟弹少年”的开路先锋，“韩嫣金弹”与“掷果潘安”实在是一个光芒四射的开头，同样挟着弹弓的后来者，却再没有人能创造出更有气魄的故事，也不及他们有光彩。不管是出于真事还是传说，这一双美丽（除了美丽，还有什么词可以形容呢？）的身影，都让我们震惊于古人创造世界、创造人生、创造故事的能力（在古人那里，这三种创造活动曾经是一体的，不像今天分工这么细）。青春的幸福感，生命的幸福感，通过两个少年的身影，得到了永远的表达。

与伟大的过去重逢

1506年，古罗马群雕《拉奥孔》出土了，米开朗琪罗是首批冲去观赏的人之一，而他所看到的，让这位文艺复兴时代的巨匠真是激动难抑。这组重见光明的古代作品给欧洲人带来的巨大震撼，大概在德国作家莱辛的专著《拉奥孔》一书中得到了最好的表达。在书中，作者把这座雕像，以及另一件古希腊作品的罗马复制件《观景殿的阿波罗》，推崇到了无以复加的地步。这类记载曾经让我们困惑：一两件古代艺术品的出土，何以召唤起如此巨大的激情？书本可以记录事实，却无法提供关于心灵的答案。然而，人类的经验是会彼此重复的，几个世纪之后，一个非常类似的场景出现了：面对着山东青州龙兴寺佛教造像，我们也在体验着同样强烈的精神的撞击。这是非常少有的、值得珍惜的经历，它让我们明白，有些关乎心灵的经验，是不可能完全通过书本传达的，只有人心被忽然放置在同样的场景、机遇中，才能够理解前人那难以言传的澎湃情感。

目前，魏晋南北朝之于我们的关系，大概正类似古希腊罗马文明之于文艺复兴初期。对于文艺复兴时代的人们来说，通过各种渠道传留下来的文献和文物，都指明了一个古老辉煌文明的存在。可是，时间给古代的希腊罗马蒙上了一层厚厚的灰尘的面纱，使它变得面容模糊，难以看清。《拉奥孔》、《观景殿的阿波罗》，以及更晚些发现的《米洛的维纳斯》、庞贝古城等等，恰恰让古希腊和古罗马忽然面容清晰地重现在欧洲人面前，并且，以它们难以想象的美，证明了古代文明所达到的高度，这一高度显然已经远远超出了后人最大胆的想象。还有什么比美更能说明一切，代表一切，更能征服人心呢？这就难怪米开朗琪罗在面对《拉奥孔》的时候，会感到无比的激动。我们站在青州石刻之前，体会的恰恰是同样的情感。

应该说，近代中国人是幸运的，因为，像这样的激动人心的体验，我们其实已然经历过了一次，那就是一个多世纪前敦煌石窟的发现。敦煌艺术彻底地改变了近代中国人对于唐代的历史和艺术的认识，并且，进一步地，也修正了对整个中国历史和艺术的认识——如果我们谦虚一点，暂且先不提它对于整个人类历史和艺术的意义。然而，一个梦想的完成，总是意味着另一

贴金彩绘石雕菩萨立像的头部(东魏—北齐),青州龙兴寺出土。

个梦想的开始，敦煌在展现了唐代文明的辉煌的同时，还暗示着一个更早的灿烂时代的存在，这种暗示，就像穿过时光遥遥传来的一声呼唤，招引着我们，向中国文明的更为上游的地段进发、探险。

敦煌的唐代壁画和彩塑，连同其他一切唐代的艺术品，都提出了这样一个疑问：如此成熟和丰富的艺术，当然不会凭空从天而降，那么，它是从哪里来的？它是怎样孕育生成的？换句话说，它的前身，经历了一个怎样的发展过程？一旦把唐代艺术与汉代艺术相比较，二者在风貌上的巨大差别，其实已经为这疑问提供了一个明确的答案：在汉与唐之间，也就是魏晋南北朝时期，必定有过一个伟大的艺术创新运动，一个艺术大变化、大发展的辉煌时代。我并不赞成对于欧洲文艺复兴的极度迷信，但是，在没有更好的概念之前，我们不妨先借用一下这个词汇——可以说，在中国的 4 到 6 世纪，有一场宏伟浩大的文艺复兴运动，曾经遍及大江南北。其实，敦煌石窟中北朝艺术的遗存，已经以它的规模和水平，充分揭示了这样一场运动的曾经发生。

当然，当初那一场艺术革命为后世留下的线索，远不止敦煌一处，实际上，比起文艺复兴时代的欧洲人来，我们所拥有的条件要远为优越得多，历史和现实都给我们提供了非常充足的

贴金彩绘石雕菩萨立像(东魏—北齐),青州龙兴寺出土。

准备，来与一段伟大的过去重逢。首先，异常丰富的文字资料，让这一时期思想、学术和文学的佳篇珍章世代流传，因此，魏晋南北朝作为一个中国文化史上的关键时代，始终不曾被后人忘怀。此外，我们不要忘了书法这一中国艺术中最珍奇的花葩，看一看“二王”书迹与汉代书风之间的截然差异，谁又能否认一场巨大的艺术创新、文化变革曾经发生呢？甚至在美术方面，我们也丝毫不缺乏证据。敦煌等处的南北朝石窟遗存就不用说了，最珍贵的，是那个时代的若干绘画作品竟然一直流传到了今天，比如《洛神赋图》、《北齐校书图》、《职贡图》等，虽然这些作品都是以后人摹本的形式保存下来，但，我以为，这已经是世界艺术史上的一大奇迹了。

遗憾的是，这些传世的艺术品更像是一个意蕴丰富的暗示，而难以直接体现魏晋南北朝的辉煌。造成这一局面的，当然是时间，这个似乎无坚不摧、可以战胜一切的因素。漫长的时光，使得传世的杰作都被消磨掉了青春的容颜，不复昔日的光辉。敦煌等地的南北朝石窟艺术虽然在一定程度上仍然展示着那个时代的宏伟，让人叹服和敬畏，但是，由于壁画返铅、变色，石刻风化残损，它们在当今的状况，与诞生之初的真容，早已有了一大段距离。《洛神赋图》等传世绘画作品，因为只是后人的摹本，相对于原作当初的面目和神韵，严重地走风漏气，实在无

贴金彩绘石雕佛立像(北齐),
青州龙兴寺出土。

法作为衡量那一时代艺术成就的可靠标准。

在这种窘局之下，我们当然要转向考古发现的帮助。近年来陆续不断的重大考古出土，也确实把一件件优秀的魏晋南北朝艺术品带回了人间。南朝墓中的“竹林七贤图”题材的模印砖画，司马金龙墓、安伽墓、虞弘墓中风格各异的画、雕屏风，娄叡墓等处的墓室壁画……在如此众多的珍贵文物中，一个时代的杰出艺术的神秘容颜，似乎开始逐渐清晰了起来。但是，墓室艺术存在着一个根本性的问题，就是它相对于地上艺术，相对于一个社会、一个时代最受重视、最倾注人心血的艺术，在水平上永远存在着不止一个档级的差距。因此，我们无法指着一件墓室艺术品，说，看，这就是那个时代艺术创造力的代表。更何况，这些墓室出品也确实还没有达到那卓绝的至美境界，无法作为证明一个时代的空前艺术成就的充分证据。因此，在很长时间里，我们根据手头所掌握的大量文献和文物，固然可以作出这样的推想：魏晋南北朝是一个伟大的艺术创新时代，是文艺复兴的时代。但是，这样一个重要的结论，却也只能停留在推想的阶段。这就好比，你有无数的证据知道，你所爱恋的那个对象一定存在，一定拥有惊世的美，但她总是隐身在重重的帘幕后面，容影依稀，你因此总觉得心神不定，更无法向世界高声宣布你对她的激情。似乎，时间是很有耐心的，它通过种种途径，向我

贴金彩绘石雕佛坐像(北齐),青州龙兴寺出土。

们抛洒着关于一个辉煌往昔的点点滴滴,仿佛在具有决定意义的时刻到来之前,总该有种种先声,向世界预告,真相终将会显露在天光之下。

青州石刻的出土,正是真相最终被揭示的时刻,是我们期待已久的时刻。在这一刻,魏晋南北朝艺术的真实容颜,忽然异常清晰地、完整地呈现在世人面前,梦中始终朦胧的面影,忽然变成了真实,比我们最大胆的想象还要美上一千倍,我们唯有被震撼了。这个时刻带有魔法般的神奇。文献记载,传世作品,出土文物,本来就像一个繁盛时代过去之后留下的满地落花,青州石刻的重见天光,使得这些缤纷的落瓣重新飞上枝头,再度成为完整的花朵,在阳光下获得了新的活力,新的意义。比如说,在涉及雕塑艺术的时候,有关戴逵在创作中“改梵为夏”事迹的记载,是最重要的资料之一,为学者们屡屡引证。文献记载说,戴逵曾经在灵宝寺雕制佛造像,他认为,直接移用外来样式的“中古制像”,是不足以打动中国民众的心灵的,于是,他决意对外来艺术进行改造。在作品初步完成之后,他特意潜身在帷帐中,偷听广大信徒观众的褒贬,然后,再根据众人的反应,一步步修改作品,前后花了三年时间才满意。经过这样一番苦心经营的作品,终于达到了空前的艺术水平。以往,我们根据这一条资料,连同其他类似的记载和存世文物,多少有些怯生生地推断，东晋南北朝艺术家曾经对外来的佛教艺术进行本土化改造，这一改造非常大胆和彻底，并且获得了成功。终于，青州石刻验证了我们的这一推断，它们如此新鲜完好，让我们得以清楚看到一千五百年前那些伟大艺术家的惊人成绩：在这些外来的佛和菩萨的金身上，闪烁的却是中国人的容貌，中国文化的表情，并且，这容颜，这表情，达到了如此的至美境界，不仅让我们感到温暖，也让世界被打动。有关戴逵的创作的文献资料，由于青州的珍贵发现，而获得了重新的阐释，或者不如干脆说，青州石刻，造成了戴逵作为一个无与伦比的伟大艺术家的复活。这些至美的杰作昭示着，以戴逵为代表的一千五百年前的那一场艺术创新运动，无疑是人类创造力和想象力的一次大爆发。从外来艺术在中国面目一新，获得了全新的外在面貌与内在精神这一点来说，把魏晋南北朝的这一场艺术创新运动，定义为一种外来文化在中国的“复兴”，以及本土文化传统在外来文化刺激下巨变性的“复兴”，也是名副其实。

当然，随着青州石刻一起复活的不仅是戴逵，而是那一时代的全部精神世界。罗丹站在《米洛的维纳斯》这一“神品中之神品”前时，曾经感叹：“这些杰作不禁令我想起它们诞生的民族与国家，及其精神的氛围。”这就是杰作的最神奇之处，它能够传达出一个时代、一个文明的全部内在力量。青州石刻，又岂不是辉映着它所诞生时代的精神内涵？浮现在这些佛造像眉间嘴角的玄妙的笑容，营造了一种如此远离尘世的心灵状态，怎不让我们想到，只有当时那样的一个玄学时代，才能涵育出这样的一种理想美？应该说明的是，这一场文艺复兴运动，并不局限于美术领域，而是在各个精神领域同时发生，互相呼应。这一时期，在玄学、小说、诗歌、文艺理论、书法乃至科技等等各个方面，可以说是全面开花，形成了中国文化史上的一个黄金时代。青州的发现，则以美的形式，召唤今人对这一黄金时代进行重新认识和思索。它的意义，不仅是作为新的证据，帮助我们进一步肯定昔人的成就；它的更有价值之处，是有可能提供一种新的视角，让我们重新审视今日人类思想的维度，拓展艺术与生存的新的可能性。

让我们再次援引拉奥孔的出土。米开朗琪罗看到它激动无比，是因为在这里发现了他所渴望的力量感和表现力；莱辛则从这组雕像上看到了“尊严和克制”，并以此来证明古典主义美学的法则。比莱辛更早，温克尔曼依据对这些古代雕塑的研究，写出了《希腊艺术模仿之思考》，在巴洛克和罗可可趣味渐露颓势之际，高声呼唤“高贵的单纯与静穆的伟大”。这一对于美的新的理想，在欧洲人的艺术世界和精神世界所产生的长远影响，实在是难以言尽。这些前人的事例说明，正如其他学科领域一样，艺术史的进步，其实是建立在一个个重大发现之上的。历史常常需要这样的转折性契机，某一项重大发现，可以改变人们对于众多事物的看法，引发大家重新认识世界的兴趣，促动多个学术领域的变革，甚至导致新学科的建立。在敦煌石窟之后，我们又迎来了一次新的重大契机，如果青州石刻仅仅被用来讲述昨天的辉煌，那将是我们犯下的严重的时代错误。如何使那远去的时代在中国文化今后的发展脉络中再次开花结果，从而获得真正的复活；如何让我们对戴逵等伟大艺术家的苏醒的记忆，不仅仅停留在恢复他们原有的历史位置，而是成为启动新的创造激情和生存激情的动力，才是摆在今天美术史学者面前的不可推脱的责任。

甲骑具装的重骑兵。(宋·李公麟《免胄图》局部)

文学想象启动的地方

中国历史上有许多美丽的时刻，是不该被后人忘记的。比如公元621年（武德四年）秋天阴历七月甲子这个日子。李世民在替新兴的大唐王朝打败了最强大的两个对手——窦建德和王世充之后，就在这一天，率领大军凯旋回到了长安。为了庆祝胜利，举行了类似后世凯旋礼的盛大入城仪式，仪式的高潮，是在太庙行献俘之礼。

那一天，长安百姓所见到的唐军阵容，是“阵铁马一万骑，甲士三万人”（《旧唐书·太宗纪》）。所谓“铁马”，乃是指全身披有专制的铁制罩衣的骏马，以及马背上全身披挂铠甲的骑兵，也就是重装骑兵。今天，从西方电影里所表现的欧洲中世纪骑士身上，我们还可以看到这种人穿沉重铠甲、马披厚重铁衣的形象。据说，在中世纪的欧洲，一个王国能有几千名这种骑士就属不易了，可是，在7世纪初的长安，新兴的唐王朝竟然列出了一万名重骑兵的军阵，随在这重骑兵之后的，还有三万名同样全副铠甲的步兵。就在这雄壮威武的庞大队伍的最前面，这一盛大场面的主角，是年轻的李世民。身为唐军的最高指挥官"上将"，他"披黄金甲"，率领二十五位大将，骑马走在队伍的最前列，其中，李勣作为重要的"下将"，也一样穿上了"金甲"，映衬在年轻的上将身边。在阳光下，李世民和他的将军身上的金甲应该是明光闪烁，连同身后铁骑们的甲胄、马衣也发出金属的寒辉，我们可以想象那是何等摄人心魄的场面。这一年，李世民虚龄也才只有二十三岁（实龄则只有二十二岁）。中国历史上，不，人类历史上，又曾经有过多少这样的时刻，被青春、勇敢、胜利而照映得如此美丽而辉煌？

按道理，这样珍罕的场面和时刻，本来是一个文明的骄傲，是绝不会被后人忽视的。但是，它还是遭到了被忽视的命运，今天的普通的中国人，知道这件事的可是不多。说到这一点，就不得不承认文学塑造一个民族的历史记忆的力量。《三国演义》、《水浒》以及《隋唐演义》等一大批古代小说，几乎固定了大多数中国人对古代历史的印象。当人们想到以往的英雄业绩的时候，一般来说，总以为不会超出《三国演义》的路数。也就是说，古代文学家的作品，决定了今天中国人对于自己的往昔的记忆范围。毕竟,《三国演义》的读者,要比读新旧《唐书》、《资治通鉴》的人多得多,其中决定性的原因,当然是因为历史学家的笔法,永远没有文学家那么生动。这也正是历史学的基本要求:历史学家力求客观地记录,因此他无权去对史实进行文学式的敷演。

可是,即使最客观的历史记录,也仍然是人性故事在其中自由生长的最丰茂的花园——这不奇怪,既然这历史是关于人的历史。比如,我们今天仍然能够知道,对于李世民来说,"年二十四平天下",始终是他一生中最为骄傲的功业,就是借助历史记录透露的信息:当李世民修建自己的永眠之地——昭陵的时候,他想到的,是用艺术的形式,在陵墓前再现自己年轻时代的军事辉煌。

有意思的是,在他决定要借助石头来使他的赫赫武功永昭后世的时候,他并没有选择621年的那个盛大的胜利场面。相反,他下令用浮雕形式再现在昭陵的,是自己昔日的六匹战马——"昭陵六骏"。李世民没有像古罗马的皇帝那样,用千军万马的浩大场面来昭示自己的武功,虽然他一生中多次做过这种场面的主角,并且,通过那一时代的墓室壁画,我们清楚地知道,当时的艺术家完全有能力承担这种大场面的绘制。他仅仅在自己的陵墓前再现了六匹马,仿佛在说,关于他,关于他的军事生涯，这六匹马已经说明了一切，表达了一切。

是的，对于会看的眼睛，这六块浮雕似乎单纯的画面，是饱含了丰富的、足以意会的信息。比如，插在拳毛騧、什伐赤、飒露紫身上的箭矢，就在提醒人们的目光去注意这样一个情况：这六匹坐骑全都不披罩甲。换句话说，不管拥有多么庞大的重骑兵队伍，李世民自己却很少跨乘配备甲衣的坐骑。事实上，在战场上，他从来都是采取“轻骑”的方式，这和他喜欢采用的战术有关，更和他的天性有关。以我们钦佩的现代名将而论，巴顿虽然勇猛，可也不会（并且也不被允许）亲自开着坦克冲到德国人的阵地上去，艾森豪威尔更不可能坐在一辆装甲车上到德军前沿去做诱敌深入的引饵，可这正是二十来岁的李世民喜欢干的事：

在平薛仁杲的时候，两军交锋，李世民带领几十名骁骑直冲入敌阵当中，与自己的大军里应外合，直杀得对方大溃败，然后，他又“率左右二十余骑追奔”，搞得薛仁杲勇气尽丧，束手投降；与窦建德对阵，他竟然只带弓箭，由执槊的尉迟敬德一人相伴，到敌阵前大喊叫阵。敌人大惊之下，派出数千骑兵来追赶，李世民则一边放箭，一边慢慢撤退，直到把敌军引入己方的埋伏圈——他是拿自己当了诱饵！李世民甚至喜欢带着少数骑兵亲自侦察敌情，他侦察的方式也很特别，就是带着这些轻骑去

“冲阵”，从敌人阵地中杀过去再杀回来，用自己的性命和肉体，来感受敌人兵力的虚实强弱。在与王世充交锋的时候，他就这样来了一回，结果使自己陷入了极其危险的困境中，险些丧命，全仗着他和将军丘行恭的勇武冷静才脱险。

实际上，李世民最喜欢的战斗方式，就是由自己充当前锋，在大战之中，率少量精锐部队，根据实际情况，随时捡有利的时机和位置迅猛出击，帮助主力大军掌握战局。这种轻灵、快捷的战斗方式，当然就绝不是笨重的“铁马”所能承当的。也因此，李世民的坐骑都不披罩甲，就并非偶然了。骑着没有防护的马直杀入敌阵，这当然让人和马都陷入了更危险的境地中，插在昭陵六骏身上的枝枝箭羽，就是明证。在这种情况下，人的安危，很大程度都系于马的好坏上。清楚了这一点，再看身负数箭，不但不倒下，而且仍然腾蹄飞奔的拳毛騧、什伐赤，我们就能理解它们对于李世民的非同寻常的意义，或者说，一匹神骏对于一位勇士的意义。在战斗中，人和马的生命是相系于一的，其中，也许人对马的依赖还要更多些。

也许，李世民不采用千军万马的大场面来作为永久的纪念，原因就在于，虽然他曾经身为三军上将，指挥大军进行了多次成功的大战役，但是，本质上，他仍然是一个渴望敌人鲜血的孤胆英雄。当李世民表示，要为了这六匹神骏曾经“济朕于难”

初唐的青年军人们。（唐章怀太子墓壁画）

而刻石纪念时，他当然清楚，他身陷其中的一次次的危境，正是自己所选择的。对于一位战士来说，最后的胜利固然让人骄傲，但最让他体验到生命价值的时刻，恰恰是在战场上，在与敌人刀枪相接的搏杀中。因此，李世民在昭陵树起往日六匹坐骑的形象，不仅仅是因为在一次次枪林箭雨的战斗中，它们的神勇使他得以生还并取胜，也因为它们是他的勇敢和战斗力的最好见证，他在每一次冲击敌人时所感受到的兴奋和恐惧，所经历的危险和考验，它们都同样地感受了，经历了。六匹没有罩甲的骏马，轻捷神勇，带着天纵的自由，还有什么更好的象征，可以体现李世民灵奇的战术，他超绝的武艺，以及他战士的天性？

矛盾的是，李世民天赋的军人秉性和指挥才能，帮助他迅速地接连战胜对手，在几年之内就取得了决定性的胜利，这一方面使他博得了作为军事家的成功，同时，也促使他的战士生涯很快就面临结束。一旦战争没有了，勇士也就只有挂甲了。在披着黄金甲率领大军进入长安的时候，不知道年轻的李世民是否意识到，这个辉煌的时刻恰恰意味着，他作为一名军人、一名勇士的生涯即将结束。在这一次凯旋之后，他又经历了平刘黑闼、与突厥大军在灞桥会盟以及玄武门之变等大小事件，这算是他战士生涯的成功的尾声，这些变乱，是天下人的不幸，但却成就了李世民作为一个军人的最后的幸福时光。随着政治对手的一一消失,他的人生目标发生了转换——他成了皇帝。从二十七岁起,他就陷入了与先天的性格和后天的欲望不断斗争的艰难之中,为了一个更伟大的理想:让天下太平,人民幸福。

李世民也尽了一个凡人所能做出的一切努力,来完成人民对一个圣明天子的期望。在这种痛苦的自我控制、自我改造过程中,看得出,李世民是非常怀念年轻时代自由奔放的战斗时光的。也许,正是因为这个原因,他才要在昭陵刻上六匹战马的形象,既陪伴自己身后千秋万岁的寂寞,也让后人不要忘记,在变成一个好皇帝之前,他曾经是军人中的军人,是马背上的战神。值得注意的是,在下令雕刻“昭陵六骏”的时候,他正面临着越来越孤独的帝王生涯。贞观十年(636年),李世民沉浸在丧妻之痛中,结发二十多年的长孙皇后弃他而去了,他已经三十七岁,“年二十四平天下”的青春时代,对他来说,正是往事不可追返。作为皇帝的他,即使一时兴起在皇苑中追猎一只兔子,都会受到臣下以恭敬进谏的方式施行的管教,提醒他一个皇帝的本分:不可以乱说乱动。这对一个“年十八”就曾经“以轻骑突围而进”,“深入贼阵”,“所向皆披靡”,把自己深陷敌阵的父亲“于万众之中”救出的天生的战士,是一种多么折磨人的生活,我们应该能够想象。因此,李世民在命令臣下绘制、雕刻自己昔年的六匹战马的时候,他究竟是怎样复杂的心情?

昭陵六骏之一——什伐赤(上图)
昭陵六骏之一——特勤骠(下图)

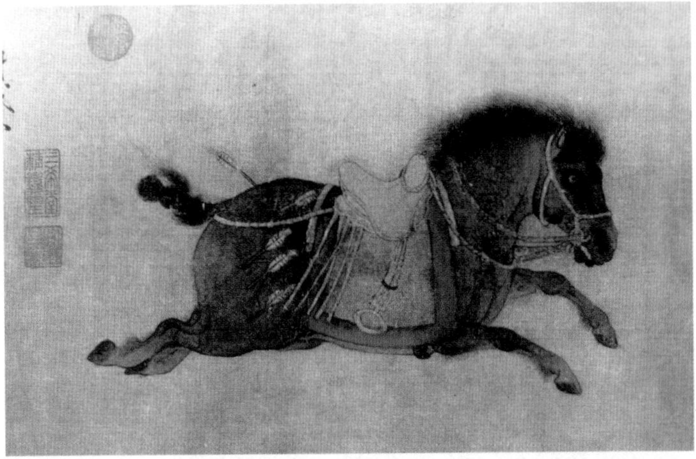

元·金霖摹。《昭陵六骏图·什伐赤》

唐太宗李世民

历史学家不会对此花费笔墨，这不是他们的工作。于是，千百年来，几乎就从来没有人关注过这位伟大帝王的寂寞的内心。文人们只管根据历史著作提供的现成资料，反复赞叹着“贞观之治”的黄金局面。另一方面，民众又只能根据《三国演义》等已有的历史小说，来理解中国古代的英雄和他们的业绩。其实，史书中所提供的丰富信息，已给了我们足够的启示，让我们去注意还有无数的人物没有被好好书写，在催促我们绝不要满足于罗贯中、施耐庵们所讲述的中国的往昔。罗贯中、施耐庵这些先行者给我们的最大的启示，应该是昭示了文学与历史的疆界：在历史记录止步的地方，恰恰就是文学想象启动的地方。当历史学家住笔的时候，文学家的工作就开始了。

元·张渥《九歌图·湘君》

当晚明遭遇楚辞

一条大蛇，正在张开大口，吞噬一头巨象——不，这里所说的，不是最近忽然遭小资追捧的《小王子》的开头，而是一位明末画家为《天问》章句所作的插图："灵蛇吞象，厥大何如？"与之相伴的，还有吐火的九头蛇，四眼的瘟神，高举桂旗、御豹而行的山鬼……仿佛远古时代的传说世界蓦然间被唤醒。

当年，屈原在放逐之中，曾经游观楚国的宗庙祠堂，那庙堂的壁画，描绘着形象怪异的天地神灵，以及古代先人的奇特传说，还有充满黑暗不公的前代历史，这促使他写下了《天问》。通过高声质问神话、历史的可疑，这位伟大的诗人宣泄着他对人类愚昧的一腔愤怒。将近二十个世纪之后，画家萧云从，面临着同样的家国之痛，提笔为包括《天问》在内的若干楚辞篇章作了插图。于是我们就有了这样一组奇特的版画，展现着一个 17 世纪的人对于上古神话和先秦历史的理解与想象，公元前古老庙

元·张渥《九歌图·东皇太一》

堂中的神圣绘画，也通过这样一种方式，在某种程度上起死回生，获得了复活。艺术史上的这一段传奇，本来到此就可以结束了，但是，它却没有结束，而是继续了下去——一位伟大帝王在组织整理“国故”的时候，以其如炬的眼力意识到了萧云从这一组作品的重要性。乾隆帝考虑到萧云从为楚辞所作的插图并不全面，还特意下令，由他的内廷侍臣们牵头“补绘”，就这样，在传统中国最后一个文化与艺术的极盛时代，楚辞获得了比较全面、完整的配图，这就是今天展开在我们面前的《离骚全图》。

实际上，楚辞一向就是艺术家们激情的源泉，历朝历代，都

明·文征明《湘君湘夫人图》局部

有画家为之作图。我们由此看到了楚辞在历代艺术中的留痕，在世世代代中国人思想和心灵中的留痕，看到伟大的文学作品作用于人心的持久力量。从艺术的角度来看，宋元明名家们所作的同类题材画作，就像镜像一样反映着绘画发展的轨迹。相传为李公麟作品的《九歌图卷》、元代张渥的《九歌图卷》，都展示了白描艺术的表现力。这种从宋代起风行一时的墨线白描风格，其实是从壁画的白描底稿发展起来的。壁画艺术自南北朝直至唐宋，在数百年间长久辉煌，宋元白描，却是这一辉煌艺术的一个意外的副产品。但是，陈洪绶、萧云从同样是白描手法的作品，却标志着一个完全不同的艺术阶段——版画成熟时代的到来。作为最早发明雕版印刷术的国度，中国其实也是木刻版画的发源地。在宋代，木刻印刷的神像、佛画以及作为普及绘画教育之用的画谱，就已颇为发达。明末印书业的兴盛，更让木刻版画迎来了它的黄金时代——以故事插图的身份，它成了书籍中不可缺少的角色，成了招徕读者眼球的重要营销招数。这种情况吸引了陈洪绶、崔子忠、萧云从等一批文人画家，他们对版画创作的介入，使得原本在民间自生自灭的这一种创作活动，走上了意识清醒、观念鲜明的艺术探索之路。这些文人画家为版画所起的画稿，乃是个性化的、充满独立追求的严肃作品，再经由当时技艺高超的刻工们刻版，于是产生了一批一流的佳作，也使得版画上升为一个成熟、自立的艺术门类。萧云从作品的意义，不独在他对楚辞原义的考据斟酌，也在于其中洋溢的版画之美。在起稿与刻版时，充分考虑墨线的顿挫之美与木刻线的流畅之美，在创作过程中把二者的表现力完满地结合，从而获得丰美蕴雅的黑白画面，这是中国古代版画独具的艺术品质。

版画重线条、重造型的特点，也给晚明艺术中的一股变形主义潮流提供了发挥的空间，陈洪绶、萧云从等人，则正是晚明变形主义的搴旗大将。相比较而言，陈洪绶的《九歌图》固然是

“女娲有体，孰制匠之？”（明·萧云从《离骚图·女娲》）

无可比拟的杰作，萧云从的作品，则以其对古人思想风貌的努力求索而另具价值。同样是生逢末世，怀着荒凉的心情，陈洪绶对屈原的作品进行了完全个人化的自由发挥，展示着士大夫的幽愤孤崛；萧云从则以学者式的严谨，力图复原屈原笔下的原风原貌。面对黑暗的现实，萧云从悲哀地声称："余老画师也，无能为矣。"但是，他还是尽力做了他所能为之事，这就是纠正前代画家对于楚辞形象的肆意歪曲（包括陈洪绶式的自由演绎），让古代的精神遗产在人间不灭。

萧云从的努力得到了报偿，楚辞中种种极富震撼力的素材，一旦与晚明艺术中的怪诞趣味相遭遇，效果自是奇异动人。比如，这里有中国艺术中少见的自杀场面（"伯林雉经"），但这样的场面却带着晚明变形主义中特有的孤寂与荒寒之感。如果以为明清绘画艺术只是几笔水墨云山，那真是天大的误会。今天的文化人都知道日本的浮世绘，但真正懂得欣赏明清版画者则属少数。其实，"五四"时代的知识分子中多有明清版画的眷恋者，鲁迅先生就在《朝花夕拾》中，回忆他童年收集《山海经》等带有插图的古籍所感到的乐趣。他虽然没有在文中具体提到楚辞插图，但是，看一看萧云从笔下那人头蛇身的女娲，以及横在人肉酱缸口的断颅（"箕狂梅醢"），我们或许就可以理解，鲁迅是在怎样一个强大的记忆传统的熏陶下，酝酿成了他的《补天》和《眉间尺》。今天,这个传统似乎正在飘然远逝,面对现代社会对古代世界的无情驱逐,我们显然也是“无能为矣”。不过,艺术史上的这一往事是不应忘记的:一位亡国的士大夫画家,与一位盛世的君主,虽然遭遇不同,心境迥异,却都为保存前代文化做出了各自的努力。经他们的努力而提供给世人的艺术享受,也是不应被忘记的。

托普卡比宫藏元代飞龙纹青花扁壶

世界的青花

炸弹袭击事件，让我在电视上再次看到了伊斯坦布尔。上一次听说有关它的消息，好像是2002年足球世界杯，土耳其队获得第三名的时候，媒体上报道说，伊斯坦布尔如何如何的举城狂欢，伊尔汗成了少女们的偶像。盯着电视荧屏上爆炸之后浓烟滚滚的街道、神情严峻的人群，我不停地想，作为一个中国人，我看待这个城市的眼光，实在不该像此刻这样陌生。早在《新唐书》中，这座不朽的城市就已经留下了神奇的记录，在中国人的历史上。

更何况，在爆炸的浓烟之外，摄像镜头照不到的地方，有一处叫做托普卡比的宫殿，珍藏着世界上最精美的一批元代青花瓷；在这一项收藏上唯一可以与之并肩的，只有伊朗德黑兰的国家博物馆。这样的一个重要事实，我是刚刚知道，在早过而立的年龄，就在伊斯坦布尔第一起爆炸案发生的前一天。

我了解青花瓷每一个点滴的过程,都是这样荒谬,都是一个难堪的笑话。比如,第一次知道中国有青花瓷这种东西,知道它在欧洲被视为珍品,是通过《外国文艺》或者《世界文学》所登载的一篇翻译小说。那是在上世纪 80 年代,如今已经根本记不得故事的外国作者是哪一位名家,当时也只看懂了大致的情节:写一个年轻人如何把一只珍贵的青花瓷器偷到手,藏在垃圾车里,结果,街头顽童们恶作剧,用爆竹点燃了垃圾车,无意中把一只绝世珍品炸成了碎片。从那以后,我一直以为"青花"就是"青瓷",那种含蓄的,似绿非绿的单色釉,如千峰翠色,雨过天青,澄莹如玉,素洁似冰。忘了具体是什么时候,我突然发现青花并不是青瓷,而是在白瓷上画满深蓝花纹,一时非常吃惊,也很失望,又很诧异——不明白,这样的东西怎么就会被欧洲人那么看重?

我的发现青花之旅既然有了这么样的一个开头,此后一路行得多么磕磕绊绊,曲折有趣,简直就是可以预料的了。印象比较深的一次磕绊,是有一次要介绍 15 世纪尼德兰画家维登的名作《受胎告知》,对着画面定睛一看,忽然发现,画上有一只青花瓶。我于是向人请教:画中画的,是中国瓷器,还是欧洲人自己仿烧的瓷器?听的人一下就失笑了:在那个时候,欧洲人根本就烧不出来瓷器!我听到这样的说法,还有点将信将疑,后来,

尼德兰画家维登的《受胎告知》，左下角的青花瓶中插着百合花。

有机会接触到一本介绍西方古董收藏的书，才发现人家说得果然不错。

刚从朋友手里拿到这本书的时候，我是很有点不以为然的：书中介绍的所谓古董，也太小儿科了！没有想到，就是这样一本粗浅读物，却给我结结实实地上了一课。关于荷兰名画家维米尔，我曾经写道："他生活在17世纪荷兰的代尔夫特小城……"其实，在维米尔的时代，代尔夫特城并不小，它是当时欧洲最兴盛的制陶中心之一。17世纪，荷兰东印度公司把大批中国瓷器引入欧洲，青花瓷器正是其中的大宗。这在当地可是掀起了一股追捧的热潮，王室和贵族巨富都以拥有青花瓷器为自豪。进口的奢侈品毕竟是很昂贵的，普通人家消费不起，于是，欧洲的许多地方都设法利用陶器来仿造中国瓷器，从这一巨大的市场缺口中获利。代尔夫特，正是其中最著名最成功的地方之一，它的"代尔夫特精陶"，在最初主要就是仿制中国的青花瓷。原来，维米尔生活在一个兴旺热闹的商贸和手工业中心，原来，他身周围的世界，是青花缭绕的世界，沸腾着对中国瓷器的向往和复述，以及改写。

早就听说过明清外销瓷这一概念，但是，直到那时，我才算是对世界贸易史上的这重要一页有了些许具体生动的感受。也正是在这个时候认识了L君，从她那里，开始模模糊糊地了解

1

2

3

4

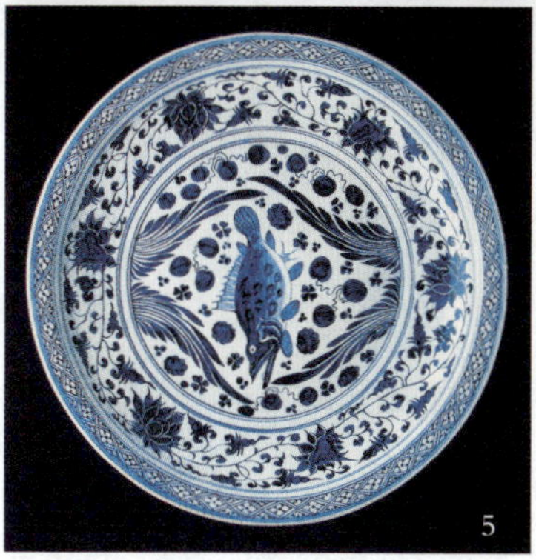
5

1 托普卡比宫藏元代反青花盘
2 托普卡比宫藏元代细密纹饰青花盘
3 托普卡比宫藏元代繁密多层纹饰折沿花口青花大盘
4 托普卡比宫藏元代鱼藻纹青花大罐
5 托普卡比宫藏元代鳜鱼水藻纹青花大盘

到中国瓷器在欧洲近代文化中所扮演的复杂角色，了解到欧洲人面对中国瓷器的矛盾感情。但是，关于青花瓷在中国以外的身世，这其实只是一个完整故事的下集。

也许是因为历史在心灵中的刻痕有深浅的不同，西方人对于青花瓷的研究要远比中国人更热烈。1929 年，英国人霍布逊发现了一对带有元“至正十一年（公元 1351 年）”铭记的青花瓶，揭开了元代青花瓷研究的序幕。所谓“重新打开一段尘封的历史”，形容这一研究领域真是再合适不过了。以这对“至正十一年”青花瓶为标准，专家们顺藤摸瓜，在全世界各地陆续甄别和发现出大量元代生产的青花瓷器及其残片，它们当初在景德镇制造出来，通过海路和陆路外销到亚、非各地。其中，规模最大、水平最高的传世品，就集中在土耳其伊斯坦布尔的托普卡比宫、伊朗德黑兰的国家博物馆。在国际上的相关研究热热闹闹进行了七十年之后，2001 年，一行中国陶瓷研究专家终于来到托普卡比宫，亲眼看到、亲手摸到了这批已近同天外传说的绝世珍品。这称得上是奇迹的一刻吧，它们当初走出中国人的视野，是六七百年前的事了。然而，像大多数同胞一样，我对这个时刻一无所知——自己当时在注意些什么呢？幸得从前同事 Y 君的热情推荐，在一个阳光的日子，我读到了专家们从伊斯坦布尔归来后写下的文字。追随着这些痴情者的喜悦，我一点

在这幅土耳其古代绘画作品中，同样有鲜花在青花瓷瓶中盛开。

也没有想到，在二十四小时后，就会在电视上直接面对保留了我们的一段过去的那座城市，面对弥漫在它的街道上的硝烟，人们面上身上的血迹。

难怪万里远来的中国专家们激动。如托普卡比宫所藏那样高水平的元代青花瓷器，在中国本土几乎是看不到的。“这种外销的青花瓷器是用最好的原料制作，筛选最精的青料绘制，由最好的窑工烧制出来的。代表了我国青花瓷器生产的最高水平”（李辉柄：《考察托普卡比宫馆藏元代青花瓷器——兼谈我国青花瓷器的发展》,《托普卡比宫的中国瑰宝——中国专家对土耳其藏元青花的研究》,北京文物局编,北京燕山出版社 2003 年,页 85。下简称《瑰宝》)。相比较而言,同时期为东南亚市场及国内市场生产的青花瓷,则主要是利用国产青料绘制、体积小、工艺相对粗糙的"低端产品"。托普卡比宫这一批在异国他乡获得了新生的中国瓷器,与国内、东南亚等地出土的元青花,在风貌上也有着明显的不同,其硕大的尺寸、雄健的造型等等特征都显示,当初在制造时,是遵照了西亚地区的生活习惯和审美观念。并且,其所使用的钴蓝颜料,据研究,也是直接来自西亚地区。专家们由此推测,这批青花瓷,是景德镇根据西亚所下的"订单",进行来料加工而制成。

事情可能还不止于此。据土耳其文献记载,青花瓷绘制釉下蓝彩所使用的钴蓝料,是由波斯商人带到中国,同时一起带来的, 还有这一颜料的烧造技术。如果这一记载属实的话,那么,青花瓷简直就是在西亚世界的直接订单下催生出来的。实际的情况是,西亚早就研发出了用钴蓝颜料绘制的釉下青花陶器,其诞生的年代,要早于中国青花瓷的出现日期。在元、明时期,最精美的青花瓷,长期是依靠进口颜料"苏麻离青"来烧制,蒋奇栖女士推断,"苏麻离青"应该来自伊拉克历史上最重要的制陶中心之一,那至今仍然称作"萨迈拉"的地方(蒋奇栖:《中国青花瓷对阿拉伯世界瓷器发展的影响》,《瑰宝》, 页 130—133),这一情况,对于青花瓷最初的来历,或许有所揭示。我不知道,专家们的这些推断是否暗示着,瓷器中釉下彩绘这一重要技术的成熟,是借力于西亚的制陶传统。正如有学者指出的,“青花瓷在景德镇的出现和发展是迅速的, 在不久前的宋代景德镇还只是生产以刀具刻画为装饰手段的青白瓷, 而到元代,以毛笔绘制出的青花瓷,却是如此的精美和完善,这中间似乎缺少了一个逐步发展的过渡期”(《景德镇民窑》, 方李莉著,人民美术出版社 2002 年,页 39)。由于托普卡比宫等处所藏的精美元青花在装饰风格等方面明显带有伊斯兰文化、包括伊斯兰彩绘陶器装饰手法的痕迹,而《元史》中又有“西域有国,大食故址,地产珍异,户饶良匠,匠给将作,以实内帑”的记载,刘新园先生认为,“现存土耳其及伊朗等地的元青花的设计者,极有可能是在将作院中服务的波斯艺术家”(《元青花花纹与其相关技艺的研究》,《瑰宝》,页 107)。这种种线索,都摇荡着我们的传统思路。青花瓷之所以如此重要,还不仅在于它的“美感”;这一品种的烧制成功,创造了在瓷器制造中使用釉下彩的技术,为白瓷向彩瓷的发展开辟了道路,因此是世界瓷器史上非常重要的一个阶段。当然,从唐代以来,在中国本土,釉下彩技术一直在不断地发展和前进。但是,元青花的重新被发现,似乎暗示着,釉下彩瓷这一如此重要的技术品种最终得以成熟，不仅是本土技术单线前进的结果，可能在一定程度上也得益于西亚的制陶经验，本土与外来的结合，才造就了青花瓷在较短时期内的迅速成熟。

当然，事实是否如此，显然是中国陶瓷研究领域里热烈争论的问题。比较慎重的观点认为，元代，景德镇在与其他瓷窑竞争外销市场的过程中，在传统技术的基础上创造出了在白瓷上施以釉下青花的新品种，受到了国际上的欢迎，从而站稳了脚跟。不过，即使这一比较谨慎的结论，也不否认西亚之于中国青花瓷的重要作用。景德镇所以能够凭借这一新品种而逐渐跃升为“瓷都”，很大程度上还是因为迎合了国际市场的需要，首先就是西亚市场的需要。元代宫廷自身并不使用青花瓷，也“还未成为民间普遍使用的日用瓷。因此为国内生产的元青花产量并不大”（《景德镇民窑》，页 44）。也就是说，青花瓷从真正诞生的那一刻，就是面对以西亚为主的外销市场，甚至可以认为，它是西亚市场需求的催生儿。在 14 世纪，一个瓷器新品种，可以基本不依靠国内市场，仅仅依靠国际市场，依靠亚洲另一端的需求和订货，便得以立足和发展壮大，这是完全出乎今人意料的事情，我们对于中古经济世界的想象，恐怕有重新调整的必要。至于青花瓷后来逐渐在本土普及，倒是有点类似外贸产品“出口转内销”的味道。

青花瓷的幸运在于，它获得了一个强大背景的支持——白瓷底上布满深蓝花纹，正好符合伊斯兰文明的审美观念。那一时代，景德镇对于这一外销市场所倾注的力量，也远胜于对国内或其他地区。“大量文献证明当时中国最好的、最合格的青花产品都送到了西亚，这些青花瓷很多（今天的）陶瓷专家会认不得，因为其他地方根本就没有这么精美、特殊的元青花”（许明：《通往托普卡比的梦幻之路》，《瑰宝》，页138）。最重要的是，由于中国本土的青花颜料比较灰暗，发色不理想，于是，波斯商人们把西亚制陶传统中所发现的优质釉下钴蓝料带到了中国，让中国工匠们以之制作出发色浓翠、鲜丽的绝品，中国白与波斯蓝，就这样永远地结合到了一起。“托普卡比宫的大件元青花之美让你有震撼感——它的发色是那样湛蓝，明亮，清纯，宝石一般地闪光，你简直无法描绘这种现场感受”（许明：《通往托普卡比的梦幻之路》，《瑰宝》，页139）。由此，也形成了中国上品青花瓷的生产长期依赖进口颜料的奇观。西亚地区可以影响万里之外的中国制瓷业的图景，其实力的强大雄厚，怎可容人小视！当然，正如专家们一再强调的，元青花的生成，是发生在具体的历史环境之中——横跨欧亚大陆的蒙古帝国的建立，元朝积极的对外贸易政策，都造成了国际贸易和文化交流的异常活跃。李辉柄先生在文章中决定，在讨论青花瓷的成形时间时，不用“起源”一词，而用“起始年代”一词，以避免偏执于“构成青花瓷器的某个因素”，这是一种识见深远的提示。青花瓷自始至终都逸出了中国史的范围，而成为世界史的一部分，因此，与其究其源，不如溯其流。

在我一直的印象中，瓷器是古代中国最了不起的发明之一，从青瓷到白瓷再到彩瓷，这个发展的过程，是一个自我生成的过程，是在中国的土地上独立发生和完成的，引用常用的说法，“是中国古代劳动人民聪明才智的结晶”。然而，一向被认为最具民族特色的青花瓷，却在很大程度上是受到了国际市场的催生，是受益于异域文化的促动和提示，是得到了伊斯兰文明的审美观念的激励，这，实在是一个意外的消息。直到这一刻，我才恍然大悟，为什么自己长期以来，对于青花瓷，特别是那些为文物专家特别称赏的元代精品和明、清官窑器，一直感到隔膜。青花瓷由于其特殊的身世，从一开始就打上了伊斯兰文明的烙印，色彩、纹饰、造型等等，都每每流露出这一伟大传统或深或浅的留痕。而我呢，拜从小所受的教育之赐，只知道这世界上有两种美，一种是“高贵的单纯和静穆的伟大”，一种是“气韵生动”、“苍劲中姿媚跃出”，对于这蓝与白的翠艳和绚丽，哪里有一点点能力去欣赏！曾经与一个德国女孩一同参观巴黎的亚

17世纪荷兰画家维米尔油画作品《情书》

洲艺术馆——吉美博物馆。展厅一角，二三十件尺寸硕大、纹饰繁复的明、清青花瓷器被陈列在一层层的展台上，一走到这些瓶瓶罐罐前，德国女孩忍不住很有礼貌地委婉说道："太装饰了，对我来说，太装饰了。"

德国女孩是艺术史专业的学生，主攻欧洲古典建筑，拉得一手好大提琴；她所受的一整套教育，已经成功地使得她忘记了欧洲历史上被翻过去的一页。但是，我猜，这一页，吉美博物馆的那些研究东方艺术的法国专家是记得的。堆叠在展厅一角的让人眼花的青花大瓶大罐，似乎在陈示着欧洲人曾经的梦想。在17世纪，如果一个欧洲人能摆出这么多"太装饰"的青花瓷，那他不知要多得意呢，那时，中国瓷器可以当做硬通货使用，这满眼的青花，就是权势、富贵，就是满眼的金钱哪！——当然，也是满眼的品位。据说，至今在德国的一些地区仍然保留着这样的风俗：新婚夫妇会由家长赠给一整套瓷器，这套瓷器轻易是不用的，而是陈设在客厅的玻璃橱柜里，展示给所有的人。这样的作风，无疑是形成于昔日瓷器的风光年代，只是，风俗虽然还残存着，内里的意思，已经被人们忘记了。德国女孩含蓄的否定态度，当时让我感到非常尴尬。原因还不在于人家不喜欢，而是在于，我对她的反应非常认同。我同她一样的，难以接受如此不"艺术"的东西。它们被一本正经地摆在博物馆里，只是让我感到困惑，真是不明白，自己的民族怎么会喜欢这样花哨的东西？那时，我也是一名准备攻读艺术史专业的学生。来自西方和东方的两个年轻人，对于各自的同时也是共同的历史，都如此的一无所知，这样的学生最后能把“艺术”学成什么样，简直不敢想象。

维米尔，在我心目中，一直是神圣的欧洲油画传统中自我生长出来的无数奇迹中的又一个奇迹。但是，在得知代尔夫特城的背景之后，我立刻就闪过了一个不那么老实的念头：在他的作品中，人物突出于背景之上的空间感，闪耀在物体之上的明柔光线，以及他似乎比较喜欢用的蓝色，是不是受到了生活中所见的代尔夫特精陶的启发呢？我总觉得维米尔的画意有些奇异，他画里人物似乎总是有着浑圆的体积、清晰的轮廓线，照射在其上的白昼光线总是又明澈又柔和，既像是在顺着人体、服饰的表面流溢四散，又静如止水，这一切，是不是有对瓷器的质感的感悟在内？西方艺术史家说他专心于研究光的效果，不知是否有人进一步追究，是照耀到什么物体上的光的效果？是不是瓷器或仿瓷之精陶上的光？我在一本画册上读到这样的评价，说他的画尺寸不大，“拥有精工制作的宝石一般的明晰、端庄以及静穆之美”，然而，如果凭肉眼判断，维米尔的这一“明晰、尊贵以及静穆之美”，是接近宝石呢，还是更接近瓷器的气质？在我看来，这是可以讨论的。当然，这也仅仅是一种突发奇想而已，要想研究维米尔可不那么容易，前提是对欧洲文化、艺术的感悟已到化入血髓的地步，才能避免门外汉的胡扯。可惜的是，既然连自己的文化都懵懵懂懂，一知半解，哪里还有胆量和能耐去指点人家的江山。

至于维登《受胎告知》中的那只青花瓶，我猜，多半不是在描绘一件中国瓷器。在15世纪，欧洲人看到中国瓷器的可能性是很小的。文化的交流从来不是单向的，来自中国的青花瓷器，对西亚地区的陶瓷生产发生了很大的影响，那里的制陶中心往往以中国瓷器为蓝本，仿造形貌接近的釉下蓝彩陶瓷，很多产品就是对元、明初青花瓷直接加以照搬。维登在生活中所见到的青花器，更可能是从西亚传入欧洲的、用西亚陶瓷技术制造的仿中国青花瓷。在他这一件北方文艺复兴时期的作品中，青花瓶被用来插放一枝百合花。“受胎告知”这一题材，是一定要有一枝百合花的，象征圣母的纯洁。一位虔诚的童贞女，因为在神前蒙恩，所以不染外尘，被圣灵忽然临到身上，就怀上了神的儿子。多么动人的故事，然而，同样奇妙的构思，又何尝不见于有关文艺复兴、启蒙运动、科学、资本主义等等的一系列叙述之中。

再版寄语

《潘金莲的发型》是我的第一本随笔集，出版后受到了朋友们的喜爱，对我是很大的鼓励。

当初也没有考虑太多，就是把已经写出的、自己比较满意的文章都编在一起。但是，最近，一直在和朋友们讨论一个问题，那就是读物应该适应当今的生活方式。书小一点，薄一点，可以很方便地塞在公文包内、手袋内而不显累赘，并且能够在比较短的一段时期内读完，这样的形式或许更适合生活节奏快、工作压力大的今日读者。背包里揣了一本颇厚重的书，因为只能利用工作与生活琐事之间的闲隙来阅读，于是很长时间内也只读了一小半，最后似乎成了鸡肋，这种烦恼的经历我们每一个人都有过。

因此，这次准备重版《潘金莲的发型》时，我们想做一个尝试，把这本随笔集一拆为三，涉及服饰的部分、涉及饮食与起居的部分、涉及文学作品欣赏的部分各自独立成书，分别名为《潘金莲的发型》、《花露天香》和《想念梦幻的桂旗》。这样，初版的内容就化成了三本小书，让读者可以选择自己更感兴趣的部分，也更方便随身携带和存放。另外，我尤其希望读者获得这样的快感：一本小书畅快读完，合上最后一页，呼一口气，书内的信息依然印象清晰，可以从容地咂摸回味。

朋友们也许会注意到，我在《花露天香》一文中关于花露在明清时代的状况的说法，与后来所写的《花露的中国情缘》并不一致。

写《花露天香》的时候，我根据有限的资料线索，误以为花露在清代没有实现商业化。但是，中国传统文献让我渐渐认识到这一误会是多么的可笑。不过，想到这篇文章是我很认真写作的结果，也希望保留自己认识改变的过程的痕迹，我没有再对此文进行修正。对于这一点，希望读者朋友予以理解和谅解。

说来真是感慨，我们对于中国自己的历史，对于世界，有那么多想当然的误会，与真相如此隔阂。

不过乐趣也就在追寻真相的努力中吧。不管最终成果如何，过程当中的每一点发现都足以惊喜，足以开心。

希望这三本小书能够像初版一样，继续给朋友们提供乐趣，继续受到大家的喜爱。

二〇一四年六月十七日